カナと魔法《まほう》の指輪《ゆびわ》

新高《あらたか》なみ

カナと魔法《まほう》の指輪《ゆびわ》　目次

春のできごと
—オタマジャクシと銀の鍵《かぎ》—

「まったく、みんな適当《てきとう》なことを言うんだから」

カナは、頬《ほお》づえをついてため息をついた。三月もなかば、昨日は東京ではめずらしく冷たいみぞれが降ったが、今日はスイッチが切りかわったような青空で、一気に春がきそうなほんわりとした朝だった。キラキラ光る校庭には、どこから吹きとばされてきたのか、たくさんの枯葉が落ちていた。

いつもよりもちょっと早く着いた教室。まだだれのすがたもなく、カナは、ひとり校庭をながめながら、今日何度目かのため息をつくのだった。

5年1組、瀬和《せわ》カナ。

クラスで一番の食いしん坊であるカズマが、「四時間目にお腹《なか》すいてくるとさあ、瀬和《せわ》がエノキダケに見えてきちゃうんだよ」といつも言っているように、色白で身体《からだ》はひょろりと細く、スカートからはすらりと伸びた足がのぞいている。

クリ色のまっすぐな髪、かしこそうな広いおでこの下で、切れ長の眼がすずしく光っている。

成績は学年でもトップクラス。かけっこをすれば男の子でもすんなりと抜いてしまう。地区の美術《びじゅつ》展覧会にも、いつもカナの作品が出品されていた。まだ5年生ながら、児童《じどう》会の会長もしている。

カナ自身は、そんな自分を特別だとはかんじていなかった。自分はふつうの女の子だ。

ただ、ものすんごく特別な存在だと思っている人がいる。ママのお母さん、ばぁばである。

ばぁばの家は庭どうしがつながっている、おとなりさんだ。ツタのからまる洋風のお屋敷《やしき》で、カーテンや絨毯《じゅうたん》は、ばぁばが大好きな水色で統一されていた。リビングの真ん中には、重厚《じゅうこう》な木の大テーブルが置かれていた。

小さなころは、一日のほとんどをこのテーブルの下ですごした。いい香りのする天板の下は森の中のテントのようで、ここでカナは、ばぁばからいろいろなことを教わった。歌のうたい方、絵の具の使い方、シュシュのぬい方、多肉植物《たにくしょくぶつ》の育て方、星はどうして光るのか、小鳥はどうして空をとべるのか。

小学校に入ってからは、カナがテストで百点をとると、本を一冊買ってもらえる約束をしてくれた。おかげで、カナの部屋の本棚には、入りきらないくらいの本がギッシリつまっている。

カナが学校で活躍するたびに、ばぁばはとろけるような笑顔でほめてくれる。そして必ず、

「やっぱり、じぃじの才能を受けついでいるのね」

と言って、一人でうなずくのだ。

カナはじぃじには会ったことがない。ちょうどカナが生まれるのと、じぃじが天国に行くのが入れかわりだった。そのじぃじがなにをしていた人なのか、いまだによくわからないのだ。ばぁばに聞くと、いつもうれしそうに、じぃじの話をはじめる。

それがマラソンの選手だったり、書道の先生だったり、寿司職人だったり、俳

優さんだったり、政治家だったり、オートバイの整備士だったり、くだもの屋さんの店長だったりする。

でも、写真の中のじぃじは、麦わら帽子をかぶって、畑の中でクワを持って笑っているおじいさんだ。

わたしが受けついでいるじぃじの才能って、なんなのか、さっぱりわからないわ。

カナがくわしく聞けないのは、話をしたあとのばぁばが、ちょっぴりさみしそうな眼をするからだ。

「じぃじのお仕事はなんだったの？」

昨日のことだ。ばぁばの家に帰っていたキョウコ姉《ねえ》に聞いてみた。

キョウコ姉はママのお姉さん、カナには伯母《おば》さんにあたる。放浪癖《ほうろうへき》があって、いつも世界のどこかを旅している。その旅先から、時々、写真や文章を出版社に送ってお金をもらうのが仕事だ。

友だちの中には「旅行ができてお金がもらえるなんて、うらやましい!」という子もいるが、カナはイモ虫のからあげを食べたり、大きなヘビを身体《からだ》に巻いたり、がけっぷちからお尻を出してトイレをするようなことは、いくらもらってもやりたくなかった。

この前の授業《じゅぎょう》参観には、真っ黒なチャドルを頭からすっぽりとかぶってきて、おどろいた1年生たちが泣きだしてしまったのだ。

「知りたい?」

キョウコ姉はいたずらっ子のような目をしてニヤリと笑った。

「知ったら、もうあとにはもどれないのよ」

「いいから教えてよ」

「じぃじはね、ロシア空軍のパイロットだったのよ。それでイギリスでスパイ活動もしていたの。それがある日、乗っていた豪華客船《ごうかきゃくせん》が氷山にぶつかっちゃってねえ……」

あの人に聞くんじゃなかった。カナはまたため息をついた。

「お、瀬和《せわ》さん、早いねえ」

入ってきたのは、担任のオジワカ先生だ。オジワカというのは、ニックネームで、〈おじさんなのに若い〉という意味だ。まだ三十才になったばかりだが、小学生の女の子たちから見れば、十分におじさんなのだろう。

男の人のわりには背が小さく、クリっとしたかわいい目をしている。丸い顔に、滝廉太郎《たきれんたろう》みたいな丸メガネをかけたすがたは、年齢よりもずっと若く見えて、まだ大学生のようだった。

「今日、お昼休み、音楽室《おんがくしつ》にきてね」

「はい、わかってます」

先生、今日はなんだかソワソワしているなあと、カナは思った。見ると、ズボンのうしろポケットがぷっくりとふくらんでいる。

あとから思えば、あの時、ポケットに入っていたのがアレだったのだ……。

そのうちに、クラスのみんながぞろぞろと登校しはじめた。

へんだな。カナはまだ空いている、となりの席を見た。

いつもは八時前には教室にいる友だちのミユが、まだきていない。遅刻ギリギリの時間になって、やっとかけ込んできた。ミユちゃん、寝坊《ねぼう》したんだね。そんなヒソヒソ声が、あちこちから聞こえた。

息をきらせながら座ったミユに、カナは声をかけた。

「お母さんの風邪、そんなにひどいの？」

「え、なんでわかったの？」

ミユは、おどろいた顔でカナを見た。

「だって、三つ編みが曲がっているもの」

ミユはいつも、長い髪を三つ編みにしてくる。頭の高い所で、左右対称にきっちり編まれる髪は、毎朝ミユの母が結ってやっているものだった。それが、今日は今にもほつれそうになっている。ミユが自分で結ったということは、見ればすぐにわかった。

「お母さんが寝坊《ねぼう》しただけだろ」

うしろからカズマが口をはさんだ。

「それに、ミユの指のそのケガ」

ミユの左手の人差し指には、ばんそうこうが巻かれていた。

「お母さんのかわりに、朝ごはんを作ったんでしょ？　朝早く起きて。昨日は幼《よう》稚園《ちえん》の卒園式《そつえんしき》だったから、それで風邪をひいたんじゃない？」

たしかに、昨日は一日みぞれもようで、ぐっと冷えこんだ。妹のアイが卒園するのでミユの母も出席したはずだった。

ミユは感心したようにカナを見た。

「そうなの。ママったら、はりきって春のうすいワンピースで行ったから、とっても寒かったらしいの。それで風邪ひいて、夜中にすごい熱が上がっちゃって、パパは出張でいなかったし、タクシーを呼んで病院に行ったの。アイも連れて三人で」

「へえ、大変だったね」

「夜の救急病院《きゅうきゅうびょういん》って、暗くてこわいのね。アイは泣き出すし、もう大変だった。今日は、ママは家で絶対安静だって」

「アイちゃんは？」

「一人で家にいるよ。風邪がうつるから、ママの部屋に行っちゃダメよって言ってある。でも寝不足《ねぶそく》でボーっとしながら、朝ごはんとアイのぶんの昼ごはん作ってたら、包丁で切っちゃって」

ミユは指を上げて見せた。新しいばんそうこうには、うっすらと赤い色がしみ出していた。

「そのケガで、今日、ピアノ弾けそう？」

「無理かな。痛くて」

来月の入学式で、新6年生、つまり今の5年生は合奏をする。その合奏でピアノを弾く人を、今日決めるはずだった。カナもミユもピアノを習っているので、その数人の候補の中に入っていた。お昼休みに、音楽室《おんがくしつ》でそれぞれ課題曲《かだいきょく》を弾いて、だれが演奏者《えんそうしゃ》になるのかを決める予定だったのだ。

「今回はカナにゆずるよ。がんばってね」

四時間目は図書室《としょしつ》で読書の時間だった。カナたちが移動していると、廊下《ろうか》のむこうに背の高い人影がひょいとあらわれた。

「メグミ先生！」

「どうしたんですか？」

目にはぶあついスキーのゴーグル、口と鼻は大きなマスクでおおわれている。

顔がほとんど見えていないのに、それでも美人だとわかる。高い鼻、南の島の貝がらみたいな白い肌に、腰まであるサラサラの黒髪。モデルさんのような抜群のスタイルで、身長はオジワカ先生よりも十五センチは高い。意外にも、今流行のリケ女（理数系《りすうけい》が得意な女子）で、理科クラブの顧問《こもん》をしている。

「なんですか？　そのゴーグルとマスク」

「あろね、花粉症《かふんしょう》らの（あのね、花粉症《かふんしょう》なの）」

メグミ先生は、鼻をぐしゅぐしゅしながら答えた。

「おろろかせて、ほめんろに、ほめんね。(おどろかせて、ごめんね)今日は、ほんろに、ひろくて(本当に、ひどくて)」

メグミ先生は担任を持っていないので、他の先生の授業《じゅぎょう》を手伝ったり、時々、校舎をそうじしていたりする。

「放課後、理科ふラブのふぁっ動がありゅから、準備しろかなひゃとほもって(理科クラブの活動があるから、準備しとかなきゃと思って)、ぐしゅ」

メグミ先生は、ゴーグルをこすりながら階段をおりていった。

図書室《としょしつ》は三階の角にある。見はらしもよく、お日さまの光がいっぱい入って明るかった。

カナはこの時間が大好きだった。司書の先生に、おもしろい本を教えてもらえるからだ。その楽しい時間も終わりに近づいたころになって、

「あれ、校庭にだれかいるぞ」

窓ぎわにいた子が声をあげた。みんないっせいに窓のむこうを見た。

小さな女の子が、泣きながら校庭をつっきってくる。

「あれ、ミユちゃんの妹じゃない？」

「アイだわ！」

ミユがとび出し、カナもあとにつづいて階段をかけおりた。

ちょうど昇降口《しょうこうぐち》のあたりでミユが走ってくるアイをつかまえた時、一階の廊下《ろうか》にオジワカ先生がいるのが見えた。

「あれ、どうしたんだい？」

「先生、妹のアイが一人で学校にきちゃったんです」

「ははあ、さみしくなって、お姉ちゃんにあいたくなっちゃったんだね」

「どうしたらいいですか？」

「だれかにむかえにきてもらうよ。とりあえず、そこにメグミ先生がいるはずだから、あずかってもらおう。もうすぐ四時間目が終わるから、君たちは教室にもどって、先に給食《きゅうしょく》の準備をしておいて」

昇降口《しょうこうぐち》のとなりの教室が理科室だった。

オジワカ先生は、ミユのうでにピトっとくっついているアイの前にしゃがむと、

「だいじょうぶだよ。おウチでお姉ちゃんを待っていようね」

と、やさしく笑いかけた。


カナとミユが図書室《としょしつ》にもどった時、終わりのチャイムが鳴った。みんな手を洗って席に着き、当番が給食《きゅうしょく》の準備をはじめたが、オジワカ先生はなかなかすがたを見せない。

「先生、おそいね」

カナが言うと、ミユも顔をくもらせた。

「アイはどうなったんだろう」

職員室《しょくいんしつ》は5年1組の真下にある。教室の横の西階段をおりればすぐだった。二人は職員室《しょくいんしつ》をのぞいてみたが、オジワカ先生はいなかった。

「どこに行っちゃったんだろう？」

「たぶん、こっちよ」

カナはスタスタと廊下《ろうか》を歩きはじめた。

昇降口《しょうこうぐち》の方に行くと、さっきの場所にオジワカ先生が立っていた。

「先生！」

声をかけると、先生はハッとしたように顔を上げた。

「アイは？」

「え？　ああ、アイちゃんかい？　ついさっきお父さんがむかえにきてくれたよ。ちょうど出張から帰ってきたところだったらしい」

答えながらも、先生はどこかうわのそらだった。口は半開きで、眼はキョロキョロとせわしなく動いている。

「先生、どうかしたんですか？」

「それがね、実は……音楽室《おんがくしつ》のピアノの鍵《かぎ》が消えちゃったんだよ」

「ええ？」

「この前、合奏練習のあと、見つからなくなっちゃったことがあっただろう。結局、職員室《しょくいんしつ》の机のすきまに落ちていた。それで、どこかにいってしまわないようにストラップをつけたんだ。ピアノの鍵《かぎ》だよとすぐにわかるようなやつをね」

オジワカ先生は、ズボンのポケットをぽんぽんとたたいた。

「君たちからアイちゃんをあずかった時には、たしかに持っていたんだよ。職員《しょくいん》室《しつ》でお父さんに電話して、アイちゃんをむかえにもどった時に、なくなっていることに気がついたんだ。理科室あたりで落としたのかと思ったんだけど、メグミ先生は知らないと言うし、うら口のところに用務員《ようむいん》のヤマダさんがいたから、『だれか、先生が通りませんでしたか？』って聞いてみたけど、『通っていませんよ』って答えだった」

「アイちゃんが持っているってことはないですか？」

「それはないと思うよ。メグミ先生がいっしょにいたはずだし、帰る時にもなんにも持っていなかった。かなり大きめのやつだから、すぐ目につくはずなんだけど」

つまり、ほんの数分のあいだに、消えてしまったということなのだ。

「先生、どんなストラップつけたんですか？」

「ああ、えぇーと、その……」

「いたいた！　オジワカ先生、みんな待ってるよ、早くきてよ！」

給食《きゅうしょく》当番の白衣を着たカズマが呼びにきた。カズマにせかされて先生とミユは教室に上がっていった。

カナはひとり昇降口《しょうこうぐち》に残っていた。

左右の廊下《ろうか》を見てみる。理科室の次が、保健室《ほけんしつ》と校長室。つきあたりに職員室《しょくいんしつ》。反対側は東階段で、その向こうが配膳室《はいぜんしつ》と給食調理室《きゅうしょくちょうりしつ》。あの時間は配膳の準備で、給食《きゅうしょく》のおばさんたちがいっぱいいたはずだ。昇降口《しょうこうぐち》の反対側にあるうら口には用務員室《ようむいんしつ》があり、ヤマダさんが作業をしていた。

だれにも見られずに、鍵《かぎ》を持っていくことはむずかしい。きっと、鍵《かぎ》はここからは出ていないはずだわ。

カナはふと校庭に目をむけた。今朝はあんなに散らかっていた落ち葉が、きれいにそうじされていた。ふりかえって見ると、うら口のところに、あつめられた枯葉がこんもりとした山をつくっている。そこに、ちりとりを持ったヤマダさんがやってきた。

「あ、待ってください！」

教室に入ってからも、オジワカ先生は頭をかかえてうなっていた。

「困ったな、あれがないと、お昼休みにピアノの演奏者《えんそうしゃ》決めができなくなっちゃうよ。へんだなあ、どうして消えたんだろう？」

「もしかしてさあ、ミユちゃんがかくしたんじゃないの？」

だれかが言った。

「自分が今日はピアノが弾けないからって、ほかの人たちが弾くのをジャマしようとしたんでしょ」

クラスのみんながいっせいにミユを見た。

「ちがう！　わたし、そんなこと、してないよ！」

ミユは泣きそうな顔でさけんだ。

「ありました」

凛《りん》としたカナの声がひびいた。

その両手の上には、大きなガマガエルが乗っている。

キャー！　悲鳴《ひめい》をあげて、女の子たちがいっせいにあとずさりした。

「先生、これが鍵《かぎ》ですね」

オジワカ先生は頭をかきながら、ガマガエルを受けとった。

「そうそう、これだよ」

ビニール素材でできたカエル型のストラップだった。微妙にくすんだ緑色といい、背中のブツブツといい、ビニールのぬるぬる感までもが本物のガマガエルそっくりで、キャラクターのかわいらしさはまったくなかった。

よく見ると、カエルの足にヒモがついており、そこにアンティークなかんじの銀色の鍵《かぎ》がぶらさがっていた。

「どこにあったの？」

「うら口の枯葉の中に埋まっていました」

「ええ？　埋められていたのかい。それじゃ、見つからないわけだ」

「でも、なんでそこにあるってわかったの？」

「給食《きゅうしょく》！　先に給食《きゅうしょく》にしようよ」

カズマが、食缶の前でお玉をふり上げている。

「そうね、でも答えは簡単だから、タネ明かしは給食《きゅうしょく》の前にしちゃいましょ。先生、いいですか？」

先生がうなずき、カナはしずかに話しはじめた。

「これを埋めたのは、たぶんアイちゃんでしょう」

「アイが？　どうして」

ミユが聞いた。

「オジワカ先生がカギを落としたのは、やはり理科室だったと思います。先生、アイちゃんをあずけたとき、メグミ先生はどこにいらっしゃいましたか？」

「ああ、奥の理科準備室の方にいたかな」

カナは、小さくうなずいた。

「理科クラブの準備をしていたんです。そして、薬品をあつかうために、白衣を着ていたはずよ。白衣を見たアイちゃんは、きっとこわくなったと思うの」

「あ、昨日の救急病院《きゅうきゅうびょういん》ね！」

「そう、病院のことを思い出してね。しかも今日のメグミ先生は、白衣にゴーグルと特大マスクをしていたから、まるでホラー映画の殺人鬼《さつじんき》みたいでしょ。だから、メグミ先生が準備室にもどって行っても、アイちゃんははなれて理科室の方にいたと思うの。そこで、落ちているこのカエルを見つけた。私たちから見れば鍵《かぎ》だけど、アイちゃんから見ればカエルだったのよ。アイちゃんは、鍵《かぎ》をかくそうとしたのではなく、カエルさんを冬眠《とうみん》させてあげたかっただけなんだろうと思います。だから、とっさに枯葉の中に埋めてあげたんです」

「なるほど」

「アイちゃんのやさしさだったんです。きっと、ママにおフトンをかけるみたいな気持ちだったのでしょう」

みんな魔法《まほう》にかかったように、カナの話に聞き入っていた。

「オジワカ先生が聞いたとき、用務員《ようむいん》のヤマダさんは『先生は通らなかった』と答えたんですよね。アイちゃんのすがたを見ていたとしても、思いあたらなかったはずです。まさか、ピアノの鍵《かぎ》を埋めてるなんて考えもしなかったはずだし」

わあ！　という声があがった。

「へえ、すごい推理《すいり》！」

「さすが、カナちゃん」

クラスのみんながカナの推理《すいり》に感心していると、いつのまにか、教室中がスパイスのにおいでいっぱいになっていた。

「ああ、もう！　カレーに膜《まく》ができたら美味しくないよ！」

カズマが、全員《ぜんいん》分のカレーをすでに配りおわって、スプーンを持って待っていた。

「そういえば、どうしてピアノのカギの目印がカエルだったのかしら？」

帰り道、ミユが不思議《ふしぎ》そうにつぶやいた。カナはほほえんだ。

「音符のことをオタマジャクシっていうことがあるでしょ。オタマジャクシからカエルになる。だからじゃないのかな」

「へえ、わかりにくい理由だなあ」

もう一つの理由は、ミユには言わないことにしよう。

メグミ先生は、大学時代には生物の研究をしていた。中でも、両生類が大好きなのだ。オジワカ先生は、メグミ先生に見せたくて、わざわざあのカエルのストラップをえらんだんじゃないかな。そして、見せに行く途中で、アイちゃんの件があって、あわてているうちにポケットから落としてしまった。

オジワカ先生が、いつも職員室《しょくいんしつ》から5年1組の教室に行くとき、西階段を使わないで、わざわざ東階段まで遠まわりして上がってくるのは、メグミ先生のいる理科室の前を通るためなのだと、カナは気づいていた。

ふふ、オジワカ先生、がんばってね。

カナは心の中で、ささやいた。

「それでね、とうとう、わたしのニックネームが〈探偵《たんてい》エノキ〉になっちゃったのよ」

日曜日、カナはばぁばの家で、ピアノの鍵《かぎ》行方不明事件のいきさつを話していた。大テーブルの上には、やわらかな紅茶の香りがただよっていた。

ばぁばは、ティーカップを置くと、閉じていた目をゆっくりと開いた。

「よかったこと。これからは、謎《なぞ》を一つ解くたびに本を買ってあげることにしましょう」

ばぁばはニコニコして言った。

「やっぱり、あの人の才能を、あなたが一番受けついでいたのね」

「これが、じぃじの才能なの？」

「ええ、そうよ。あなたのお祖父さんはね、すばらしい名探偵《めいたんてい》だったのよ」

「え？」

カナがびっくりすると同時に、壁《かべ》の鳩時計《はとどけい》が鳴きはじめた。

「あらあら、もう十二時なのね。さあ、今日はなにが食べたい？」

「ばぁば、教えてよ」

カナがせがむと、ばぁばは片づけかけたティーカップに、また新しい紅茶をそそぐのだった。

「そうねえ、じゃあ、ランチの前に話しちゃいましょうかね。それから、食事がすんだら入学式で弾くピアノを聴《き》かせてちょうだいね。じつはね……」

夏のできごと

―魔《ま》法《ほう》の指輪《ゆびわ》―

その子は、ずいぶん不機嫌《ふきげん》そうに見えた。

真っ白いワンピースの上に、ひらひらのついたエプロンを着けている。ゆるくカールした髪がふんわりと肩をおおっていて、まるで『不思議《ふしぎ》の国のアリス』みたいだった。

仔猫《こねこ》のような眼の上に、まゆ毛をクシュクシュっとしかめて、カメラをにらみつけている。くちびるはとんがり、両手でエプロンをにぎりしめて、ピアノの前に立っていた。

ピアノは、猫の足のような変わった形をしていて、うしろには大きな丸時計がかかっていた。セピア色に変色した写真は、童話のさし絵のようにも見えた。

その写真を見たのは、一度きりだった。

ばぁばの部屋にあった、古い手帳の中にはさんであったのだ。次に遊びに行ったときには、手帳はもうどこかにしまわれてしまっていた。

ニレのおじさんの家で、あの猫足ピアノを発見した時、カナは、おどりだすような胸のドキドキをおぼえた。

なにか、おもしろいことが見つかる予感がした。

ニレのおじさんは、じぃじの弟だ。おじさんの家の庭に大きなハルニレの木があるので、昔からそう呼ばれている。

庭の花壇《かだん》には、小学校では見たことがない高原の花がいっぱいに咲いていた。ニレの木のむこうは、白樺の林になっていて、どこまでが庭がわからないまま、森に溶けこんでいた。

山小屋風の家の一階はカフェになっている。門柱のレンガに、小さく『珈琲《コーヒー》ｎｉｒｅ《にれ》』としか書いていないお店には気づく人も少なく、おじさんは、のんびりとコーヒー豆をひいていた。

お店の片すみに、そのピアノはあった。今は弾かれていないのか、ブドウ色のカバーがかけてあり、小鳥や森、色とりどりの草花たちの写真でうめつくされていた。ピアノの上にも、小さな高原ができていた。

うしろの壁《かべ》には丸時計がかかっており、こちらは今でも静かに時をきざんでいた。

からまつ並木をわたる風が、さらりと髪をぬけてゆく。二階の窓からはパセリの海のような森が広がっていて、その中にひときわ大きなエノキの木があたまをのぞかせていた。

6年1組、瀬和《せわ》カナ。

小学校最後《さいご》の夏休みを、軽井沢《かるいざわ》にあるおじさんの家ですごすことになった。

〈エノキダケ〉と呼ばれているとおり、ひょろりとした細い身体《からだ》を、ノースリーブのサマードレスがタポっとつつんでいる。

黄色いプルメリア柄のドレスは、パパがハワイで買ってきてくれたものだ。軽《かる》井沢《いざわ》で着るにはすこしすずしすぎたが、カナは早くそでを通したくて、夏休みを心待ちにしていたのだ。靴《くつ》はママにお願いして、バレエシューズを貸してもらった。

「まだ、あなたの足にはゆるいでしょ？　ママのお気に入りなんだから、よごさないでね」

ママったら女の子の気持ちがわかってないわ。サマードレスにこの靴《くつ》をはいたら、ぐっとオシャレになるんだから。

靴《くつ》のこと以外にも、ここにくる時、ママにはいっぱい約束をさせられた。

ママのモットーは、〈山に登らなければ転落《てんらく》しない。海に入らなければサメに喰われない〉だ。

そしてもう一つ、〈謎《なぞ》と超常現象《ちょうじょうげんしょう》には、決して近づかない〉。

このあいだのピアノの鍵《かぎ》事件の時には、ママに「もう謎《なぞ》は解かないこと！」と何度も念を押された。

「森には入っちゃだめよ。クマにおそわれるから」

「でもママ、植物採集《さいしゅう》をしなくちゃ」

軽井沢《かるいざわ》にきたのは、夏休みの宿題のためでもあった。

「おじさんの家の庭で、できるでしょ。野生動物にはかかわらないこと。いい？ケガをした鶴とか、子どもにいじめられている亀《かめ》がいても助けないのよ。恩返《おんがえ》しなんて、迷惑なだけなんだから」

「ママ、亀《かめ》は森にはいないよ」

「それから時計を持って走るウサギなんか、絶対追いかけないこと。ウサギの穴に落ちたら、大変なことになるのよ」

「はいはい、そんなウサギがいたらね」

「ちゃんとピアノの練習をしてね。おじさんの家にもあるから」

「はあい」

「高原までこなくても、うちのクーラーのきいた部屋が一番よ」

そう言って、カナを車で送りとどけると、ママは帰っていった。

「うちのママって、変わってるかも」

ふうっと肩を落とすと、カナは木々のゆれる音に耳をすませた。キコキコキコキコと、並木道を走る郵便屋《ゆうびんや》さんの自転車の音が聞こえてくる。

パパとママからはなれて、静かな森の中ですごす時間は、ちょっと特別なかんじだった。急に大人になった気分であり、一方で、無邪気《むじゃき》な子供の自分でいられる心地よさがあった。

今年も児童《じどう》会長をやることになったカナは、しぜんとみんなに気をくばったり、たよられることが多かったのだ。

「カナちゃん、コーヒータイムにしないか」

おじさんに呼ばれておりてゆくと、さっき配達されたらしいハガキが一枚、テーブルの上に置いてあった。キョウコ姉からだった。

写真には、山賊《さんぞく》のようなかっこうのキョウコ姉をかこんで笑うターバンすがたのおじさんたちが写っていた。

ママが超インドア派なのは、先に生まれたキョウコ姉が行動力を全部持っていっちゃったせいだ。あいかわらず、モンゴル遊牧民《ゆうぼくみん》の移動にくっついて行ったり、ヒマラヤの村で雪男をさがしたりしている。

「キョウコちゃんは、今でもちゃんと旅先からハガキをくれるんだよ」

よく見るとターバンおじさんはみんな、まん丸のおむすびを持っている。キョウコ姉は、おむすびが好きで、旅先に炊飯《すいはん》ジャーとお米を持ちこんで、出会った人たちにふるまっているのだそうだ。子どものころは、泥《どろ》ダンゴを作ってはだれかにあげていたと、ばぁばが言ってた。

〈イランで、大地震でこわれてしまった遺跡《いせき》を修理《しゅうり》しています。たまに、陶器《とうき》や装飾品《そうしょくひん》などのお宝が出てきます。それらは、人間が発見するというよりも、掘っている人をえらんで、出てきてくれるみたいです〉

ボールペンのなぐり書きのあとに、小さな文字で追伸がそえられていた。

〈母の落とし物が見つかったら、とどけてあげてくださいね〉

「おじさん、ばぁばの落とし物ってなあに？」

おじさんは、小さな箱を持ってきた。バラのかざりのついた宝石箱だった。

「わあ、すてき！」

「カナちゃんのお祖母さんのものだよ。兄さん、つまりカナちゃんのお祖父さんから贈られたものだ。中に指輪《ゆびわ》があったんだけどね」

空っぽの宝石箱には、小さなカードだけが入っていた。

「もう三十年も前になるかな。そのころ、お祖母さんはとても具合が悪くてね。特に朝はめまいがひどくて、厚いカーテンをひいて、暗い部屋にじっと閉じこもっているような状態だったんだ。それで子供たちを連れて、静養《せいよう》のためにここにきたんだよ。その時、兄さんは外国にいて、これを送ってきたんだ。カードをそえてね」

「ばぁばへのお見舞いだったのかしら」

「なにか、特別な意味があったかもしれないね。きれいな紫色《むらさきいろ》をしたアメジストの指輪《ゆびわ》だったよ。お祖母さんは、『わたしの誕生石でもないのに、なんでアメジストなのかしら？』って首をかしげていた」

「指輪《ゆびわ》はどこにあるの？」

「なくなってしまったんだよ。ここにいるあいだに。それが落とし物さ。キョウコちゃんは忘れていないんだね」

「三十年も前の話なの？」

「そうさ、あの時はちょっとした騒動《そうどう》があってね。お祖母さんは、箱も忘れて帰っちゃったんだ。ひょっとしたらわざと置いて行ったのかもしれないね。僕はずっと、これをあずかったままなんだ」

カナはカードを手に取ってみた。

〈あなたが、お日さまと仲良しになれる、魔法《まほう》の指輪《ゆびわ》を贈ります〉

茶色のインクで、カチッとした文字がつづられていた。

魔法《まほう》の指輪《ゆびわ》？

じぃじってば、ややこしい暗号を残したのね。


あなたのじぃじは名探偵《めいたんてい》だったのよ。

そう聞かされたのが、今年の春のことだった。カナが、担任のオジワカ先生が失くしたピアノの鍵《かぎ》をあっさりと見つけだした時のことだ。

ばぁばの説明によれば、じぃじは探偵《たんてい》のお仕事をしていたわけではなく、謎解《なぞと》きが大好きだったらしい。たのまれれば、どこへでも出かけてゆき、時には事件のあった場所で働いたり、外国に行ってしばらく帰ってこないこともあったらしい。ロシアやイギリスにいたというキョウコ姉の話は、デタラメな話でもなかったみたいだ。趣味でやってたので、お金はもらわなかったが、助けられた人達からは、さまざまなお礼がとどいたらしい。

「困っている人をほうっておけない人だったのよ」

とばぁばは笑っていた。

カナが学校で活躍すると、「あの人の血をひいているのね」と、いつもよろんでくれる。


「だけどキョウコ姉は、どうしてあんな風になっちゃったの？」

カナは一度、ばぁばに聞いてみたことがある。

「とんでもない子だったのよ。あの子をさがさないですんだのは、ハイハイをはじめる前までだったわ。知らない道を行くのが大好きだったし、ほら穴やトンネルを見つけると、中をのぞかずにはいられなくなっちゃうの。でかける時には、服にヒモをつけていたくらいよ。遠足に行くと、必ず迷子になっていたわ。だけど昔ね、あの子が消えてしまったことがあったの。それを思うと、今は、いくら遠くても、私の知っている場所にいてくれるからいいわ」

「消えちゃったって？」

「神隠《かみかく》しみたいなことかしら。夜になって、木の下で眠っているのを発見したのよ。ワンピースが泥《どろ》だらけになってしまっていたわ。またおダンゴでも作っていたのかもしれないわね」

「キョウコ姉は、なんて言ってたの？」

「大まじめな顔で、『おむすびコロリンして、不思議《ふしぎ》の家にいってた』って」

「へえ？」

「その時は、生きて帰ってくれただけでうれしくて、あとのことはもうどうでもよくなっていたわ」

じぃじの魔法《まほう》の指輪《ゆびわ》はどこにいったのかしら？

おじさんの話が、ずっとカナの頭からはなれなかった。

――カナ、もう謎《なぞ》は解かないこと！

はい、ママ、わかってます。

――ちゃんとピアノの練習をしてね。

そうだわ、ここにきてから、ぜんぜん弾いていなかった。

夕食のあと、カナはおじさんに聞いてみた。

「おじさん、わたし、このピアノ弾いてみてもいい？」

「ああ、ピアノかい？　ずいぶんほったらかしだからなあ、ジョンさんがきていたら、調律《ちょうりつ》してもらおう」

「ジョンさん？」

「おとなりさんだよ。夏はいつもご夫婦そろってこっちですごすから、もうきているはずだよ。ジョンさんは、楽器《がっき》の修理職人《しゅうりしょくにん》だったんだ」

近くにお家なんて、あったかしら？

「二階からエノキの木が見えるだろう。あのむこうにあるのが、ジョンさんの別荘だ。おとなりと言っても、都会とはちがって、こちらではずいぶん間があるんだよ」

次の日、ジョンさんがきてくれた。ジョンさんは、白いひげを生やした大きなおじいさんで、奥さんはノリコさんという日本人だった。

ピアノは重いカバーをぬいで、すっかり元気になったように見えた。

午後にはお礼をかねて、カナがミニコンサートを開いた。

猫足ピアノは、これまで聴《き》いたことのないような音色を奏《かな》でた。クリームでつつんだ音符が舞《ま》いおりてくるように、やわらかく、しっとりとした音が、カフェいっぱいに広がった。

わたし、こんなに上手だったかしら？　おどろきながら、いつまでもたしかめてみたい気持ちになった。ピアノって、こんなにステキな力があるのね。

ジョンさんは、カナの演奏《えんそう》をとてもほめてくれたあと、

「ドイツのアンティ―クのピアノです。弾いてあげないと、さみしがるから、ときどききてあげてください。写真置き場にしないでね」

と言って帰っていった。

ピアノの屋根板にならべてあった写真は、整頓《せいとん》されてテーブルの上に移動して

いた。その中の一枚に、カナは思わず声をあげた。

「あ、これ！」

ニレの木の下に、女の子が写っていた。白いワンピース、フワフワの巻き毛《まげ》。

アリスだった。

ただ、ばぁばの持っていた写真とは、すこしちがっていた。

女の子は庭にいた。陽ざしの中で首をかしげ、はにかんだほほえみをうかべている。大きな眼が心の中を映したように、キラキラとかがやいていた。

写真のサイズは、ばぁばのものよりも小さかったが、色彩はあざやかに残っていた。

アリスがもう一枚あった！

「おじさん、この子だれ？」

「キョウコちゃんだよ」

「ええっ！」

カナは、とびあがった。今、イランの奥地《おくち》で山賊《さんぞく》のかっこうをしている人とは思えなかった。

「ばぁばの部屋で、この写真を見たわ」

「そうだよ、あの服はね、兄さんがロンドンから送ってきたんだよ。娘にとびきり可愛らしい服を着せてあげたいってね。それで写真を撮《と》って、あちらに送ったんだ」

「でも、本人はすごく嫌がっているみたいだった」

「それはちがうよ」

おじさんは、やさしく首をふった。

「キョウコちゃんは、嫌がってなんかいなかったよ。お父さんに買ってもらったワンピースが、うれしくて、うれしくて、照れていたんだ」

あのしかめっ面は、キョウコ姉の極度《きょくど》のよろこびの表情だったのか。

「あの日も、ちょうどジョンさんがきていてね、『お姫さまみたいだから、自分のカメラで、もう一枚写真撮《と》らせて』ってジョンさんがお願いしたんだ。それが、この写真。キョウコちゃんは『じゃあ、もっとオシャレするから、ちょっと待って』と言って、部屋にかけあがっていったよ」

カナは写真をじっと見つめた。お姫さまのように、おぎょうぎよく前で組んだ手。その人差し指で、水色のものが光っている。

「指輪《ゆびわ》だわ、ほら！」

カナは写真をさした。

「ばぁばの持っていた写真の時は、手にはなにもつけていなかったの。ジョンさんの写真を撮《と》るまでのあいだに、指輪《ゆびわ》をはめたのよ」

「へえ、本当かい」

「これが、ばぁばが失くした指輪《ゆびわ》じゃないかしら」

おじさんは、ヒゲをなでながら首をふった。

「残念《ざんねん》だけど、ちがうなあ。もっと深い紫色《むらさきいろ》の石だったよ」

「そうだと思ったんだけど」

「じつはそのあと、キョウコちゃんの行方がわからなくなってしまってね。指輪《ゆびわ》どころじゃなくなってしまったんだ」

ばぁばが言ってた、〈神隠《かみかく》し〉の事件だ。

「キョウコちゃんは、よほど気分がよかったんだろうね。門の前でピョンピョン跳ねてジョンさんに手をふってたよ。それから、花壇《かだん》の前にしゃがみこんでいたな。じきに家の中に入ってくるだろうと思ってたんだけど」

「いなくなっちゃったんですね」

――その時は、生きて帰ってくれただけでうれしくて、あとのことはもうどうでもよくなっていたわ。

ニレの木がさわさわと歌っている。夏の夜の音を聴《き》きながら、カナはベットの中で、昼間のことを考えていた。

あれは、ばぁばの指輪《ゆびわ》だわ。お父さんからプレゼントされたお洋服とお母さんの指輪《ゆびわ》をつけて、写真に写りたかったのよ。

でも、どうして石の色がちがうんだろう？

キョウコ姉は、どこで失くしたんだろう？

いろんなことがぐるぐるまわって、なかなか眠りにつけなかった。

朝になって雨が降りはじめた。森がしずくを落とす音にかこまれて食事をすませると、電話が鳴った。

「カナちゃんにだよ」

受話器《じゅわき》のむこうからは、ちょっぴりなつかしいママの声が聞こえてきた。

「カナ？　元気にしてた？　今日、そっちにむかえに行くから」

「え？」

「パパがね、急にお休みがとれたから、三人でおいしいものでも食べに行こうって」

「じゃあ、わたし、もう帰るの？」

「そうよ、午後にはそっちに着くから。ランチの前には、したくをしておいてね」

今日、帰るなんて。これから、ばぁばの指輪《ゆびわ》をさがそうと思っていたのに。

お昼までに謎《なぞ》を解かなきゃ。

カナが考えこんでいると、二階でおじさんの呼ぶ声がした。

「ちょっときてごらん、いいものが見えるよ」


「わあ！」

カナは思わず、窓から乗り出した。

雨があがって、虹《にじ》がでていた。あわいブルーやピンクが、水彩絵《すいさいえ》の具《ぐ》を溶かしたようににじみながら、細いアーチを作っている。

「朝の虹《にじ》なんて、めずらしいなあ。なんだか、午後のとおり雨のあとに見る虹《にじ》よりも明るい気がするねえ」

そうか！

カナの頭の中で、なにかがピカっとひらめいた。

「おじさん、ちょっとでかけてきます！」

あれはやっぱり、ばぁばの指輪《ゆびわ》だった！

『珈琲《こーひー》n·i《に》r·e《れ》』の門の前にカナは立っていた。

指輪《ゆびわ》の秘密はだいたいわかったわ。あとは行方をさがすだけ。

右手に行けば、ジョンさんの別荘だ。遠くの方に、自転車をこいでゆく郵便屋《ゆうびんや》さんのうしろすがたが見えた。からまつの並木道はまっすぐにつづいていて、だれかが歩いていたら、すぐに気づいたはずだ。

カナは目を閉じた。

あの日のキョウコ姉になってみよう。

ピョンと跳んで、目を開けてみた。

こっちじゃないわ。知らない道が大好きだったんだから。

カナは庭に行き、花壇《かだん》の土をちょっぴりつまんだあと、ニレの木のうら側にまわってみた。白樺林の先にエノキの木のてっぺんが見えた。その木にむかって行進するように、ヤナギランの赤紫色《あかむらさきいろ》の花が咲いている。

ほら、こっちよ。カナはヤナギランに沿って歩きはじめた。花をふまないように、そおっとした足どりで。

大人には、これが道だってわからないのね。

指輪《ゆびわ》はジョンさんの所にあるんじゃないかしら？

カナはそう推理していた。

キョウコ姉はきっと、ジョンさんにあげるために花壇《かだん》の土で泥《どろ》ダンゴを作ったんだわ。その時、指輪《ゆびわ》がぬけて、気づかないうちにおダンゴの中に入ってしまったとしたら？

しばらく歩くと、立派《りっぱ》な幹があらわれた。

「すごい木だなあ」

エノキの木は、森の守り神のような大木だった。

わたしは、別名〈探偵《たんてい》エノキ〉と申します。なんだか遠い親戚《しんせき》みたいですね。

どうか、さがし物がみつかりますように。

そのしわがれた幹をまわると、赤いウロコ屋根が見えた。

ジョンさんの家にはノリコさんがいた。

「あの、写真を撮《と》ってあげたあと、キョウコ姉がたずねてきたか、おぼえてますか？」

「ええ、キョウコにはまた会いましたよ」

「その時、泥《どろ》で作ったおダンゴを持ってきませんでしたか？」

「いいえ、なにも持っていなかったと思いますよ」

「本当ですか？」

「ええ、本当よ。見たところ、そんな余裕はなかったようでしたよ」

ノリコさんは、なにかを思い出したように、笑いをかみしめながら答えた。

ドアをしめたカナは、きた道をもどりながら、また考えていた。

わたしの推理がまちがっていたのかな。指輪《ゆびわ》は、ジョンさんにはわたっていないみたい。

——おむすびコロリンして、不思議《ふしぎ》の家にいってた。

そうだ。

コロリン。落としちゃったんだ、指輪《ゆびわ》入り泥《どろ》ダンゴを。

カナは身体《からだ》をかがめ、草をわけながら歩きはじめた。どこかに、ちょっとしたくぼみとか、斜面になっている所がないだろうか。

わたしが生まれるよりもはるか前の落とし物が、かんたんに見つかるとは思えないけど、でも三千年前の遺跡《いせき》だって出てくるんだもの、三十年前の指輪《ゆびわ》が見つからないわけないわ。

「わっ！」

夢中になっていて、雨でぬれていたエノキの根っこで足をすべらせてしまった。そのままどすんと尻もちをつくはずだったカナの身体《からだ》は、ずるずると下にすべり落ちてゆく。

「わわわわ……！」

エノキの根っこのすきまに口をあけていた穴にすっぽりと入りこんでしまった。深さはカナの胸くらいまでだったが、ぬれた太い根っこはつるつるすべって指がかからない。

おまけに朝に降った雨がたまっていて、穴の底はぐずぐずだった。はい上がろうとして、もがけばもがくほど、靴《くつ》が泥《どろ》の中にしずみこんでいってしまう。

どうしよう。出られなくなっちゃった。

見あげると、青空をおおってしまうくらいに、びっしりと枝がかさなっている。そのすき間からチラチラとかぼそい光が落ちてきて、まるで深い井戸の底にいるみたいだった。

カナの背中がゾクゾクとふるえてきた。

キョウコ姉もここに落ちたんじゃないのかしら。そして、やっとはい出した時には真っ暗だった。

ああ、このまま夜になっちゃったら。もしもだれにも見つけてもらえなかったら……。

大きな声を出したら、ジョンさんの家まで聞こえるかしら？

すると、突然、上から声がした。

「あれあれ、どうしましたか？」

ジョンさんが、根っこのうしろに立っていた。

ジョンさんは、カナの腕をしっかりとつかむと、引きあげてくれた。

「また、ここで、女の子を拾うとは」

「ジョンさん、もしかして、昔、キョウコ姉もここに落ちてたの？」

「はい、そうですよ。あの日も、ランチの前の散歩《さんぽ》に出て、見つけました。立てますか？」

地上に帰ってきたカナは、草の上でよろよろしていた。バレエシューズは、泥《どろ》がまとわりついて、あんこたっぷりのおはぎみたいになっていた。

うわあ、ママになんて言おう。

ブカブカだった靴《くつ》の中は泥《どろ》がいっぱいで、ずっしりと重い。小さな石がいくつも入っていて、足のウラが痛かった。泥《どろ》をかき出していると、なにか丸いものがふれた。

カナの指先で、金色の輪がキラリと光って見えた。

ジョンさんは、カナを家につれて行き、タオルで顔をふいて、おみやげにスコーンをくれた。

「今度はちゃんとした道を通って帰りなさいね」

「はい」

ふと見ると、門とびらに『伏木』という表札がかかっていた。

「これは、ボクの奥さんの名字です。ここは、もともとはノリコさんのお父さんの別荘でした」

なあんだ、そうか。

ジョンさんは「伏木さん」だったのね。「ふしぎさん」。

〈おむすびコロリンして、ふしぎの家にいってた〉

キョウコ姉は、ちゃんと本当のことを言ってたんだわ。

靴《くつ》をひきずりながら帰ってくると、おじさんの家の前にママの車があった。

「カナ！」

カナのすがたを見つけたママがとびついてきた。

「どこに行ってたの？　ママを心配させないで」

服がよごれるのもかまわずに、ママはカナをだきしめた。

「ママ、ごめんね」

「ホントに無事なのね。ああ、よかった！」

ママはぽろぽろ涙をこぼしながら、何度もカナの顔をたしかめていた。

「あのね、ママのバレエシューズがね……」

カナの足元を見て、ママはぎゃあああッ！　と森中にひびくような悲鳴《ひめい》をあげた。


「まあ！」

カナのさしだした箱をあけて、ばぁばは、目を丸くした。夜になって東京に帰ってきたカナは、すぐにばぁばの所にとんで行った。

「ばぁばがなくしたのは、この指輪《ゆびわ》ね」

「ええ、そうよ。まちがいないわ」

「これは、じぃじの言ったとおり、本当に魔法《まほう》の指輪《ゆびわ》だったのよ」

「ええ？」

「ばぁば、明日の朝、もう一度この箱を開けてみて」

次の日、ばぁばと一緒にフタを開けると、指輪《ゆびわ》の石は澄《す》んだ空色に変わっていた。

「あらまあ、こんな色だったの？」

「ばぁば、たぶん、これはね、アレキサンドライトっていう石よ。蛍光灯の明かりで見ると紫色《むらさきいろ》だけど、太陽の光の中ではこんなふうに水色になるの。じぃじはきっと、『この指輪《ゆびわ》が、お日さまの中で水色に光るのを見るのが楽しみになるといいね』と言いたかったんじゃないのかな」

「ああ、そういうことだったのね」

魔法《まほう》の指輪《ゆびわ》は、三十年ぶりにばぁばの指の上できらめいていた。

「不思議《ふしぎ》ね、どうしてわかったのかしら？　あのころはサイズが少しゆるかったのだけど、今はぴったりだわ」

ばぁばは、指輪《ゆびわ》を窓からの光にかざしながらつぶやいた。

「安心してくださいな。おかげ様でわたしは、お日さまとは、ずいぶん仲良くしていますよ」

それは、もう一度とどいた、天国のじぃじからの贈り物だった。


それからずいぶんあとになって、カナはキョウコ姉に、おむすびコロリンの件で一つだけ気になっていたことを聞いてみた。

「ジョンさんのところにいったあと、夜までなにをしてたの？」

キョウコ姉は、胸をはってこう答えた。

「こびとを発見したのよ」

「へ？」

「あれはまちがいなく、こびとだったわ。そいつを追っかけていたら、日がくれちゃったの」

やっぱり、キョウコ姉に聞くんじゃなかったかも。
カナは、精一杯、ため息をこらえるのだった。

秋のできごと
—オルガンと黒猫《くろねこ》—

目覚めよ、と呼ぶ声が聞こえ――その日はやってきた。

さあ、お祭りのはじまりよ。もりあげて！

わあーん、と荘厳《そうごん》な和音が体育館《たいいくかん》中にひろがり、しずかにおりていった。くるっと音を切ると、タクトの先に青空が見えた。十一月の空気はからりと澄《す》み、開けはなした窓では暗幕《あんまく》カーテンがひるがえっている。オリーブ色の裏地は風をふくんで、貴婦人《きふじん》たちのドレスのようだった。

スクール・フェスティバルの朝をむかえて、学校中がわきたっていた。階段をいそぐ足音、あちこちの窓から声がひびき、ウィンナーを焼く香ばしいけむりが、校庭をわたってただよってくる。

スクール・フェスティバルは、一年間でいちばんたいせつな行事だ。児童全員《じどうぜんいん》で創作《そうさく》発表をおこない、最高学年である6年生が企画《きかく》から開催《かいさい》までのすべてをまかされる。卒業生や保護者のほかに、地域の人もおおぜい招待《しょうたい》され、その出来ばえによって「今年の6年生は」と評価されるのだ。6年生にとっては、卒業試験《そつぎょうしけん》のようなものになっていた。

これがおわったら、私立中学を受験《じゅけん》する子たちは勉強の追いこみになる。カナも、すでに志望校をきめていた。

6年1組、瀬和《せわ》カナ。

ピアノと本が大好きな女の子だ。謎解《なぞと》きが得意で、担任のオジワカ先生がなくしたピアノの鍵《かぎ》をみごとな推理で発見してから、〈探偵《たんてい》〉のニックネームがついている。

今年のスクール・フェスティバルのテーマは「めざめ」だ。

児童《じどう》会長のカナは、全体の指揮《しき》をとりながら音楽チームのリーダーもつとめていた。

音楽チームは1年生から6年生までの三十名《めい》ほどのメンバーで構成《こうせい》され、バッハのカンタータを演奏《えんそう》する。『目覚めよ、と呼ぶ声が聞こえ』と名づけられた曲は、オルガン用にアレンジされたもので、音楽室《おんがくしつ》や教室から十数台のオルガンが体育館《たいいくかん》にあつめられた。


余韻《よいん》が消えるのを待って、カナはタクトを置いた。クリ色のまっすぐな髪が風にまいあがり、すこしだけ首をかしげたことにはだれも気がつかなかった。

「午後の本番もこの調子《ちょうし》でね。このあと美術《びじゅつ》チームがパネルをおろす作業をするので、大きな楽器《がっき》以外は舞台からおろしてね。最後《さいご》の音出しをしますので、お弁当を食べたら集合してください」

「いい演奏《えんそう》になりそうじゃない、瀬和《せわ》さん。とてもユニークだわ」

横で聴《き》いていた校長先生が拍手をしてくれた。音楽の先生だった校長先生には、カナのママも教わっていた。

「あなたのママのエリコさんと二人で、ここでよく授業《じゅぎょう》したのよ」

校長先生はなつかしそうに、すこし色のあせた幕や床の木目をながめている。

「はあ、ママが、大変お世話になりました」

カナは、気まずそうに下をむいた。

先生、そのエピソードは、どうかもう忘れてください。小学校に入学してきたカナを見た校長先生が、おかしくてたまらないように肩をゆらしていたすがたは、今でも目にやきついていた。

「奥に古いピアノがあるでしょ。あのころ使っていたの。ずっと置いたままなのね」

校長先生が舞台のそでに入っていった直後、どんな楽器《がっき》もだまってしまうような迫力ある声がひびいた。

「こらあ！　こんなところにクギぬきを置いたのはだれですか？　ピアノの上は物置《ものおき》じゃないのよ！」

体育館《たいいくかん》にいた全員《ぜんいん》の背すじが、ピーンとのびた。

「楽器《がっき》をそまつにする子は、ピアノに頭を喰われてしまいますよ！」

クギぬきをふりあげながら校長先生が出て行くと、窓にとまっていたハトが、いっせいに逃げてゆくのが見えた。

「1年生、泣かないでね。大丈夫だから」

カナはあわてて声をかけた。小さい子たちは大変だ。すぐに泣いたり吐いたり、鼻血《はなぢ》や高熱《こうねつ》を出す。


変だな。

指揮台《しきだい》の上に立ったまま、カナはもう一度、首をかしげた。

「昨日と音がちがう」

舞台におりると、カナは楽器《がっき》の中を歩きだした。パイプオルガンの雰囲気《ふんいき》を出すために、オルガンは舞台の壁《かべ》に沿って二列にならべられていた。その一番はしっこに置いてあるオルガンに目をむけた。

「たぶん、あのオルガンだわ」

そのオルガンの前に男の子が立っていた。診察中《しんさつちゅう》のお医者さんのようにむずかしい顔をして、オルガンを見まわしている。カナの視線に気づくと、さっとはなれて行ってしまった。美術《びじゅつ》チームの子だ。身体《からだ》つきからすると、3年生ぐらいだろうか。

オルガンのフタを開けて、鍵盤《けんばん》をおしてみると、かすかにペコっという感触がつたわってくる。ゆらいだ音がひびいた。

「やっぱり」

昨日まで音楽チームが使っていたものではなかった。背板や取っ手に、ホコリも残っている。

手をかけてみたが、オルガンはずっしりと重く、びくとも動かない。

「う、んー」

「カナ、なにしてるの?」

友だちのミユもやってきた。

「体育館《たいいくかん》に持ってきたオルガンって、みんなキャスターつきの新しいタイプだったよね。これ、ちがうの」

「ほんとだ、見た感じはおなじだけど、古いタイプだね」

「なんで、ここにあるのかな」

カナは舞台そでのスペースをのぞいて見たが、年代物のピアノのほかには、フェスティバルの道具が置いてあるだけだった。

「こんなに重いの、かんたんに動かせないよ。はじめから、この一台だけ古かったんじゃないの？」

ブブー！

クイズの不正解のように電子音がなった。となりで小さな女の子が、手をのばしてオルガンの鍵盤《けんばん》をさわっていた。

「こら、アイ、今はダメ！」

ミユにうながされて、妹のアイはなごりおしそうにはなれていった。春に1年生になったアイも、ミユと一緒に音楽チームに入っていた。

「アイちゃん、オルガンがお気に入りだね」

「うん、今日はすごく興奮《こうふん》しているの。はじめてのフェスティバルだから。朝早くに、もう学校行くって、飛びだしていったのよ」

「ミユ、ちょっとつきあって。たしかめよう」

使っていないオルガンは教材室にあるはずだ。一階のはしの部屋で、体育館《たいいくかん》からも近い。

「よう、カルボナーラ、いい出来らしいじゃん、がんばれよ」

わたり廊下《ろうか》でカズマとすれちがった。食いしん坊のカズマは、もちろん屋台チームだ。

「カルボナーラじゃなくて、カンタータだよ」

「あ、つまみ食いしてきたでしょ」

カズマの口から、ぷうんと油のにおいがした。給食《きゅうしょく》室では、ＰＴＡのお母さんたちが、〈目の覚めるようなおいしいホットドック〉をつくっているはずだ。

「屋台チームは校庭に集合のはずでしょ、なんでここにいるの？」

「へへ、ちょっと、さがしもの」

今さら、口のまわりを手でぬぐっている。どこに頭をつっこんだのか、鼻のあたまにキリキズができていた。

「このキラキラしたやつさあ、目玉焼《めだまや》きみたいだなよあ」

においをごまかすように、ブンブンと腕をふりながら、カズマは行ってしまった。

校内はどこもかしこも、ぎょろりとした目のオブジェでうめつくされていた。「目覚めのトンネル」という美術《びじゅつ》チームの力作だ。アルミホイルをピンと張った上に、まるめたカラーセロハンの目玉がついている。アルミホイルが鏡《かがみ》の役割をして、キラキラと虹色《にじいろ》に光って見えた。

「どちらかって言うと、カエルのたまごみたいだけど」

美術《びじゅつ》チームのサポートティーチャーは、両生類大好きのメグミ先生だったのだ。

ドアを引くと、カチャンとつめたい音がした。

「あれ、閉まってる。いつも鍵《かぎ》なんか、かけてないのに」

「どうしたの？」

ふりかえると、メグミ先生が立っていた。すらりとした背は、いまだに伸びつづけているらしい。オジワカ先生との身長差は広がる一方だ。その長い腕の中に、大きなピクニックバスケットをかかえていた。

「教材室の中を見たいんです」

「今日はたくさんの人がくるでしょ。使わない教室は閉めちゃうみたい」

メグミ先生はバスケットを置くと、ポケットに手を入れた。

「ちょうどマスターキーを持ってるわ、開けてあげる」

ころん、とバスケットの中で、なにかが転がった。よく見ると、だいぶ古いものだ。白いレースのカバーは黄ばんでいるし、留《と》め金《がね》もこわれていた。

ほのかな、すっぱいにおいが鼻先をかすめた。

「これは、レモンのにおいですか？」

「いいえ、冬みかんよ。もうお店に出てるのね」

「この中ってお弁当かな。いっぱい作ってきたんですね。オジワカ先生の分？」

ミユが、ちゃめっ気たっぷりの目をむけた。

オジワカ先生は、あいかわらずオジさんなのに若く、たぶんメグミ先生のことが好きで、6年生になってからもカナとミユの担任だ。

「ちがうわよ、ほら開いたわ」

「わあ、ホコリっぽい」

足をふみ入れると、床にうわばきのあとがついた。

「体育の授業《じゅぎょう》で、男子が着替えたあとみたいなにおいするね」

立てかけてあったベニヤ板をどけると、大量のわたボコリが落ちてきた。部屋の中が、白くぼやけてくる。

「だれも入っていないみたいね」

床にたまった砂を靴《くつ》でかきながら、メグミ先生が言った。

「ケホ、空気、入れかえよう」

窓を開けようとしたミユが悲鳴《ひめい》をあげた。

「キャッ！」

「なに？」

「だれか、いる」

「え？」

「目がのぞいてたの。ガラスの割れ目からこっちを見てた」

すりガラスに、走ってゆく黒い人影がうつった。この学校の先生ではないようだ。メグミ先生が、部屋から飛びだしていった。

体育館《たいいくかん》にもどると、大さわぎになっていた。

「不審者《ふしんしゃ》！」

「侵入者《しんにゅうしゃ》！」

「変質者《へんしつしゃ》！」

「誘拐犯《ゆうかいはん》！」

「どろぼう！」

「オバケ！」

みんな口々にさけびながら、横扉にはりついて外をのぞいている。

「どうしたの？」

カナが聞くと、

「だれかが、ここを通ったの」

「男の人が逃げてった」

「黒いマント着てた」

「すごーく背が高くて」

「二メートルくらいあったよね」

「手に指揮者《しきしゃ》の棒、持ってた」

「タクトを？」

「あれは魔法使《まほうつか》いのつえだよ」

「アイスピックだ！」

「それで、その男の人、どこに行ったの？」

カナの問いに、全員《ぜんいん》がいっせいに体育館《たいいくかん》の裏をさして答えた。

「あそこで消えちゃった！」

体育館《たいいくかん》の角を曲がって裏がわに出ると、プールがある。プールまわりのフェンスは、乗りこえる人がいないようにひときわ高くなっていて、その先は行き止まりだ。

夏休みにはプール教室に参加する子たちでにぎわった更衣室《こういしつ》も、今はしずかだ。フェスティバルから置いて行かれたように、つめたいコンクリートの壁《かべ》を見せている。

消えた？　どういうことだろう。

カナは用心深く、あたりを見まわした。のびた草のあいだに、ほそい棒のようなものが落ちていた。

「なんだろう、これ？」

タクトに似ていたが、先の方に羽根かざりがついている。

「帰ってください！」

どこかで声が聞こえた。メグミ先生の声だった。

体育館《たいいくかん》にもどってくると、今度は舞台の上でさわぎがおきていた。

「目玉がとられた！」

『School Festival《スクールフェスティバル》』と書かれたパネルを、美術《びじゅつ》チームの子たちが見あげている。

ぐるりと目玉のオブジェでかこまれた、その右上の一か所がぽっかりとあいている。目玉が一つ、はぎとられたように、なくなっていた。

「昨日、バーにとりつけた時には、たしかに全部そろっていたよ」

昨日のうちに天井までつりあげておいたパネルを、本番のためにおろして発見したのだ。

残っていたアルミホイルの切れはしが、ちらちらとカナの足もとに落ちてきた。

どうして、わざわざあんな場所のものをとったのかしら？

バーを動かすのは、なかなかめんどうだ。バーにつながっているロープは背のとどかない高いところにあるため、舞台そでの二階にある放送室《ほうそうしつ》の窓から手をのばして、上げ下げをしなければならない。

そうだ。昨日は、踏み台をつかっていたわ。

ロープの下を見ると、壁《かべ》にぴったりとつけた台があった。ぼろきれがかけてあって、その上にガムテープやマジックが置いてある。のぼってロープに手をかけるのに、ちょうどいい高さだ。

どこかで見た高さ――。

「これ、どけていい？」

ぼろきれをとると、オルガンがあらわれた。傷のない、きれいな天板。手で押すと、脚につけたキャスターがコロコロと動いた。

「あった！　踏み台にしていたオルガンと入れかわっていたんだわ」

カナの声を聞いて、ミユや音楽チームの子たちもかけよってきた。

「舞台係の子がまちがえたのかしら」

「踏み台につかうなんて、校長先生に見つかったら、今度はオルガンに食べられちゃうわよ」

そのオルガンのフタのすきまから、紙くずのようなものがはみ出ている。

「なにか入ってる」

開けてみると、クチャクチャになったセロハンとアルミホイルが出てきた。

「目玉のオブジェだわ。こんなところにつっこんであるなんて、ひどいイタズラね」

「イタズラじゃないみたい」

カナの声がふるえていた。

「このオルガン、かくしてあったのよ」

鍵盤《けんばん》の上に、赤黒いものがついていた。

「これ、血だわ」

まるで、血まみれの手でオルガンを弾いたように、白い鍵盤《けんばん》の上を、赤い指のあとが何本も走っている。

ミユの手から、セロハンがふわりと落ちた。

「なんで、オルガンの中に、血のついた目玉が……」

「切《き》り裂《さ》きバッハだ！」

だれかがさけんだ。

〈切《き》り裂《さ》きバッハ〉。

いつからか、この小学校で語りつがれてきた怪談《かいだん》だった。

「ある日、音楽室《おんがくしつ》の作曲家《さっきょくか》の肖像画《しょうぞうが》がナイフで切り裂かれたんだ。しかもみんな、目をめちゃくちゃにされていた。だけど、バッハの絵だけがきれいなままだったんだ。バッハって、失明《しつめい》して死んだんだって。バッハの呪いだ。それ以来、学校でバッハを演奏《えんそう》すると、だれかの目が切り裂かれるんだ。みんなも、聞いたことあるだろ？」

「ええ、知ってるわ」

それを聞いたうちのママが、小学校の六年間、絶対に音楽室《おんがくしつ》に入らなかったという伝説もね。〈謎《なぞ》と超常現象《ちょうじょうげんしょう》には、決して近づかない〉が、ママのモットーだもの。だから体育館《たいいくかん》で、校長先生に特別授業《じゅぎょう》をしてもらっていたのだ。

「カナ」

ミユの顔がひきつっていた。

「『目覚めよ、と呼ぶ声が聞こえ』って、バッハの曲だったよね」

水面《すいめん》が波打つように、ざわざわとした声が広がっていった。1年生が泣きだした。

「ここにあつまってください。上級生《じょうきゅうせい》は、下の学年の子たちを落ちつかせてあげて」

黒い侵入者《しんにゅうしゃ》、切り裂かれた目玉、かくされたオルガン、そして鍵盤《けんばん》についた血のあと。なにかが起きている。

体育館《たいいくかん》にいた児童《じどう》が、カナのまわりに集合した。音楽チームと美術《びじゅつ》チームのメンバーだ。

「カナ、どうするの？」

みんながカナを見た。

——どうしよう。

「この謎《なぞ》、僕がもらうよ」

かん高い声がひびいた。

人ごみを分けて、一人の男の子が出てきた。

「バカみたいだね。〈人喰《ひとく》いピアノ〉とか、〈切《き》り裂《さ》きバッハ〉とかさ」

4年生がざわめいた。「カントだ」と、ひそひそ話す声が聞こえた。4学年にしては、小さい身体《からだ》をしている。ズボンのすそからのぞく足首も、ハトの足のようにほそい。なおしようがないくらい、ひどい寝《ね》グセのついた前髪。さっき、カナよりも先に、あのオルガンを見ていた子だった。

「このままだと、アイスピックを持って、巻《ま》き毛《げ》のカツラをかぶった身長二メートルの怪力のおっさんが、目玉をねらいながら校内をうろついていることになるよ」

茶色がかった目が、メガネの奥からまっすぐにカナを見つめている。

「いいの？　ヘタしたら、フェスティバルが中止だよ。今日のために、6年生はどれだけ苦労して準備してきたのさ」

カナの胸がどきりとした。この子、こころの奥を見ぬいているみたい。

「フェスティバルは今日やらなきゃ。中止も延期《えんき》も許さない」

まわりのみんなは、けげんそうにカントを見ている。その視線をびっしりと背《せ》負《お》いながら、カントは言いはなった。

「僕、だいたい、わかってるからね。ことの真相《しんそう》が」

うすい胸が大きく上下している。シャツの中では、心臓《しんぞう》がバクバクと音をたてているのだ。

「瀬《せ》和《わ》さん、ひとつ、約束してくれる？　もし、僕の方が早くこの謎《なぞ》を解いたら」

呼吸をととのえるように間をおくと、すこしうわずった声でカントは言った。

「星涼《せいりょう》学園は受験《じゅけん》しないでよ」

「はあ？」

私立星涼《せいりょう》学園中学は、カナのママが通っていた学校だった。音楽教育にも力を入れていたので、カナがここを受けることは、みんなが知っていた。

「なに言ってるの？　この子」

ミユがつぶやいた。

「時間ないや、先生たちにバレて、大さわぎになる前にケリをつけなきゃね。たしかめたいことがあるので、出るよ。いいでしょ？　名探偵《めいたんてい》の瀬和《せわ》カナ先輩」

茶色の目が、きらりと光った。

「ヒントです」

アルミホイルの切れはしをカナに手わたすと、

「みんなは証人だからね。動かないでね」

そう言って、カントは体育館《たいいくかん》を出ていった。

長い潜水《せんすい》から浮上したように、いっせいに息がもれた。

「カントくんって、あんな子だったっけ？」

「カナちゃんとの謎解《なぞと》き対決ってこと？」

「うわあ、ドキドキする」

「カナちゃん、がんばって！」

「カナ、もう、なにかつかんでいるんでしょ？」

ミユが聞いた。

「ぜんぜん」

カナは素直《すなお》に答えた。

「とりあえず、行こうか」

「どこへ？」

「保健室《ほけんしつ》」


「今日は、ケガ人はゼロよ」

保健の先生の答えは、のんびりしたものだった。

「なあに？　メグミ先生も、おなじこと聞きにきたわよ」

「そうですか。じゃあ、ケガ以外で、ここにきた子いますか？」


メグミ先生は、バスケットをかかえて走っていた。ときどき、立ちどまって、あたりをキョロキョロしている。

「ずっと、バスケットを持ってるね」

そのすがたを遠目に見ながら、ミユが言った。

「あのバスケットの中は、お弁当なんかじゃないのよ」

「先生、なにか、さがしているみたい」

「今日は、さがしものをする人がいっぱいいるのね」

そこは、トロフィーや土器《どき》が展示《てんじ》してある長い廊下《ろうか》だ。ちょうど、むかい側にカントのすがたも見えた。

廊下《ろうか》の真ん中でとまったメグミ先生は、外のほうを見ている様子だったが、急に窓を開けると、大きく身体《からだ》を乗り出してさけんだ。

「アイザック！」

カナも、ミユも、反対側にいるカントも、その声を聞いていた。

「アイザック！　どこにいるの？」

「メグミ先生！」

カントが呼びかけた。先生はびっくりしたようにカントの方をむいた。

「ちょっと、体育館《たいいくかん》にきてよ」

カントとメグミ先生が行ってしまうと、カナたち二人はメグミ先生が立っていた場所にやってきた。

「アイザックってだれ？　あの子、なにをする気だろう？」

カナは、だまって背伸びをして見まわしている。そして、小さくうなずくと、体育館《たいいくかん》とは反対の方向にむかってかけだした。

そうか、そういうことだったのね！

「カナ、どこ行くの？」

「図書室《としょしつ》！」

体育館《たいいくかん》では、舞台にあがったカントとメグミ先生を、ほかの子たちがじっと見つめていた。

「彼は見つかった？」

「まだよ」

「オルガンをとりかえたの、先生だよね」

「ええ、そうよ」

メグミ先生は、あっさりと答えた。

「無理だよ、あれ、すごく重いんだぞ。メグミ先生一人で運べっこないよ」

フロアから声があがった。

「置いてあったクギぬきと、目玉のアルミホイルをつかったんでしょ？」

ぽかんとしている一同を、カントは見おろした。

「わからない？　てこの原理だよ」

「それ、習うのは、6年生よ」

メグミ先生が言った。

「かんたんだよ。オルガンの下にクギぬきを入れて、てこの要領《ようりょう》で、ほんのすこし持ちあげる。そこにアルミホイルをはさむ。家具を動かす時に使う、すべり材の代わりにね。片側だけにはさんで、もう一方を持って引っ張れば、アルミホイルが摩擦《まさつ》を軽減してくれるから、うんとラクに移動できるよ。理科クラブの先生なんだから、お手のものでしょ。そのアルミホイルを手に入れるために、目玉を一つ、こわさなきゃならなかったんだよね」

「どうしてわたしだって、わかったの?」

「先生しかいないもん。目玉なんて、フロアにもいっぱい貼ってあるのに、なぜわざわざパネルをおろして、あんな場所のを使ったのか。あの右上の目玉だけは、メグミ先生が最初に見本として作ったものだからだよ。ほかの子が作った作品は、こわしたくなかったんでしょ? 先生らしいや」

みんな、だまって、カントとメグミ先生の会話を聞いていた。まるで、お芝居を見ているようだった。

「どうしても、オルガンを動かす必要があったんでしょ」

「オルガンなんてどれもおなじだから、とりかえてもわからないと思ってたわ」

「瀬和《せわ》さんの耳をあまく見てたね」

にこり、とカントの口もとが笑った。

「わたし、音楽って苦手だったのよね」

「とりかえたのは、オルガンについた血をかくすためだよね」

「そうよ」

「あれ、だれの血？」

「知らないわ」

カントは舞台の幕をつかむと、力いっぱいゆらした。

こまかい塵《ちり》がふってきた。軽い雪のように、光の中でいつまでも宙をただよっている。

「ここってホコリっぽいよね。古い体育館《たいいくかん》だし、舞台そでなんか、ふだん物置《ものおき》だから。先生、鼻炎《びえん》は大丈夫なの？」

「え？」

「春ごろにさ、ごついゴーグルとマスクしてたよね。花粉症《かふんしょう》がひどいとかで。鼻《び》炎《えん》のきつい人って、ホコリもイヤがるんだよ。なのに先生は、ここで準備していても、へっちゃらだった」

こほん。言いわけのように、メグミ先生は小さな咳《せき》をした。

「先生、あの日、本当は鼻炎《びえん》じゃなくて、顔にケガをしてたんじゃないの？　人には見せられないような」

「――そうよ」

まっすぐにひかれた先生の眉が、きゅっとゆがんだ。

「彼に、やられたんだよね？」

「ええ、こっぴどくね」

「オルガンの血も、彼のしわざってことだ。それを、かくそうとしたんだよね」

「わたしの責任よ。せっかくのフェスティバルなのに、よごれたオルガンで演奏《えんそう》させるのが、申しわけなかったの」

体育館《たいいくかん》の中は、シーンと静まりかえっていた。どの子も、メグミ先生をかばいたくなるような気持ちになっていた。

「あの侵入者《しんにゅうしゃ》は、先生を追ってきたんでしょ」

「まあ、そうね」

「〈切《き》り裂《さ》きバッハ〉よりも、ずっと怖い話だな」

「そうかもね」

「アイザックさん？　ストーカーだ。外国人だったとはね」

「へ？」

「先生はキレイだから、モテると思うけどさ、女の人に暴力《ぼうりょく》をふるうような彼氏となんか、つきあっちゃダメだよ」

「か、彼氏？　暴力《ぼうりょく》って」

「今日は、どこをケガしたの？」

「あ、あのね」

「猫よ」

入口にカナが立っていた。

「先生、アイザックは、猫の名前ですね」

「猫？」

カントはキョトンとしている。

「図書室《としょしつ》にあったニュートンの伝記《でんき》に書いてあったのを思いだしたの。アイザック・ニュートンは、すごい猫好きで、扉に猫用のドアをつけるほどだったたって」

「そうよ。よくわかったわね」

「メグミ先生は、リケ女ですから」

「猫って、どういうこと？」

カントはまだ納得できない様子だった。

「さっき、先生が足あとを見つけて、名前を呼んでたでしょう」

「足あとなんて、なかったよ」

「先生が見ていたのは、廊下《ろうか》にあった展示《てんじ》ケースの上よ。ホコリが積もってて、そこに猫の足あとが残ってたの。まだ見えなかったのかもね、あなたの身長だと」

ぐっと、カントが息をのんだ。

「こっそり猫を学校に連れてきたんだけど、逃げちゃったのよ」

肩をすくめたメグミ先生を、カントがにらんだ。

「じゃあ、流血事件《りゅうけつじけん》はどう説明するのさ！」

ブブー、と音がした。背伸びをしたアイが、オルガンに手をのばしていた。

「音楽チームの1年生よ。オルガンをさわるのが大好きなんだけど、あの子が弾くと、いつもフタを開けっぱなしなの。まだ指がやっと、鍵盤《けんばん》にとどくくらいだものね。今朝も、一番にここへきて弾いてたの。のぼせて、鼻血《はなぢ》が出ていたのも気づかずにね」

「おさわがせしました」

となりでペコリと、ミユが頭を下げた。

「朝、保健室《ほけんしつ》で、鼻血《はなぢ》の処置をしてもらったそうです」

「あれは鼻血《はなぢ》だったの」

安心したように、メグミ先生が胸をおさえた。

「猫をさがしにきて、体育館《たいいくかん》で血のついたオルガンを見つけた時は、心臓《しんぞう》が止まるかと思ったわ。だれかがケガしたと思ったのよ。アイザックにやられて」

「そんなに凶暴《きょうぼう》な猫なんですか？」

「トラなみよ。兄の猫なんだけど、兄以外にはなつかないのよ。春に兄が風邪をひいた時、わたしが一晩だけあずかったけど、顔中ひっかかれて大変だったわ。猫にやられたなんて言えなくて、花粉症《かふんしょう》だって、ごまかしたの」

「猫ちゃん、見たい！」

アイの無邪気《むじゃき》な声に、先生はこまったようにほほえんだ。

「兄は物理学者《ぶつりがくしゃ》なの。アメリカの大学に呼ばれて、あちらで研究することになったんだけど」

「すごい」

「そう、日本の研究者にとって、これはすごいことなのよ。ところが、今になって、兄はアイザックとはなれたくないからアメリカには行かないって言いだしたの。昨日、一晩中説得して、わたしがあずかってきたのよ」

「もしかして、黒い男の人は」

「兄よ。あきらめきれずに、学校まで猫をとりもどしにきたの。さっき帰したわ、プール用の出入口からね」

メグミ先生は、マスターキーをふって見せた。

「忘れものです」

カナが羽根つき棒をさしだした。

「これ、猫じゃらしだったんですね」

「ごめんなさい。こんなに大さわぎになるとは」

「先生、あのバスケットは、猫を入れてきたんでしょう？」

「バスケットごと理科室にかくしておくはずだったの。昇降口《しょうこうぐち》の横だし、理科クラブでいつも使っている部屋だしね。それが、今日は鍵《かぎ》がかかっていて。職員室《しょくいんしつ》に取りに行こうとしたら、アイザックがあばれて、留《と》め金《がね》がこわれちゃったの。急きょ、フタに重しをしておいたんだけど」

「キャベツですね」

カナがにっこりと笑った。

「ええ。給食室《きゅうしょく》前に、大量に積んであったから」

「ＰＴＡのホットドック用のキャベツです。ところが、先生が鍵《かぎ》をとりに行ってるあいだに、それをどけちゃった人がいた。ピクニックバスケットを見て、どんなごちそうが入っているか、開けて見たくなったんでしょうね。給食室《きゅうしょく》の前をウロウロするのが大好きで、お弁当の日には、かならずフルーツを持ってくる子」

「カズマ！」

ミユが手をたたいた。

「そう。たぶん、猫はカズマが逃がしちゃったのね」

「あの時、さがしものをしてるって、猫のことだったのか」

「カズマも悪いことしたなって、思ったんでしょうね、猫の代わりに、大事な大事なお弁当のみかんを入れておいた」

「おどろいたわ。猫がみかんにばけちゃったから」

「まさか」

あきれた声で、カントがつぶやいた。

「それ、『白いぼうし』ですか？」

『白いぼうし』は、４年生になったら国語の本で出会うお話だ。タクシー運転手の松井さんが、逃がしてしまったチョウチョの代わりに、ぼうしの中に、車に乗せていた夏みかんを入れてあげるストーリーだ。

「カズマは、帽子にチョウチョを入れて道に置いておいたら、いつか夏みかんに変わると思って、本当にやっていたの」

「わたしは好きよ。そういうの」

メグミ先生が言った。

「兄はわたしとはくらべものにならないくらい、すごく優秀《ゆうしゅう》な子だったの。小さいころからずっと、うちの家族は兄を中心に動いていたのよ。なんでも手に入れて、あれだけ勉強ができるくせに」

メグミ先生の顔は、怒っているようにも、さびしそうにも見えた。

「いろんなものを持ちすぎると、手ばなすのが怖くなっちゃうのかもね」

「バカだね」

カントが言った。気持ちのいいほど、よくとおる声だった。

「ほんと、バカみたいね」

メグミ先生は、ポケットから携帯電話《けいたいでんわ》を出した。

「猫はあずからない。兄さんの人生よ、自分で決めなさい！」

そう言って、はればれした笑顔でパチンと閉じた。

「ありがとね、小さな探偵《たんてい》くん」

『小さい』はよけいだよ」

お礼を言われて、カントはうつむいた。

「文句のつけようのない推理だったわ。最後《さいご》の一行だけ、大はずれだったけど」

「僕は、瀬和《せわ》さんに追いつきたかったんだ」

その声はとても小さく、メグミ先生だけが聞きとることができた。

「さて、アイザックをさがさなきゃ」

「先生、猫ちゃんはきっと、遠くには行っていませんよ。給食室《きゅうしょく》から、あんなに、いいにおいがしていますから」

あそこをウロウロしそうな人なら、もう一人いる。いつも、わざわざメグミ先生のいる理科室の前を通る人。そういえば、ずっとすがたを見ていない。

昇降口《しょうこうぐち》の反対側。用務員室《ようむいんしつ》のドアを開けると、黒猫《くろねこ》をひざの上に乗っけたオジワカ先生が、ヤマダさんとお茶を飲んでいた。

「先生！　その猫」

「ここの廊下《ろうか》で見つけたんだけどさ、いやあ、なんだか、なつかれちゃってさ。もうフェスティバルの準備、すんだの？」

アイザックは、オジワカ先生の手の中で、気持ちよさそうに目を閉じていた。

「カントって子、明日、転校するんだって。お父さんのお仕事の関係で、海外に行くらしいよ。二年間くらいで、また日本に帰ってくるらしいけど」

つめたくなった風に首をすぼめながら、ミユが言った。大盛況《だいせいきょう》だったフェスティバルのあとかたづけがおわり、うす暗くなったころになって、ようやく6年生も校門をあとにした。

カナは足早に遠ざかってゆく夕焼けを、ぼんやりと見あげた。

「ふうん、おかしな子だったね」

なまいきで、するどくて、ちょっとズレてて。

「それで、黒猫《くろねこ》さんは、オジワカ先生がアパートであずかることになったのね」

ばぁばが言った。ポコポコと湯気《ゆげ》をたてながら、ポットにお湯がそそがれてゆくのを、カナは頬づえをついて見ていた。

「それにしても、あの子、なんで、あんな約束しようとしたのかしら？」

「その4年生の男の子？」

「うん」

「星涼《せいりょう》学園はこまるってことなのね」

ばぁばは、紅茶の中にひとつ砂糖《さとう》をおとして、にっこりとほほえんだ。

「ところで、あなた、本当に星涼《せいりょう》学園でいいのね」

「え、だって、ママもそうしなさいって、言ってたし」

――だけど。

カナはイスの上で膝《ひざ》をかかえた。白いひざこぞうが二つ、テーブルの上からにょっきりと顔を出した。子どものころ、おうちにしていた大テーブルは、ずいぶん小さくなってしまったように感じる。

「あの子に言われたからじゃないけど、もう一度、ちゃんと考えようかな。自分のことだし」

「そう」

「ママ、怒ると思う？」

「どうかしら」

ばぁばは、なんだかうれしそうだった。

「小さな探偵《たんてい》くんの謎《なぞ》は、あなたには、まだ解けないかもしれないわね」

「ばぁば、わかってるの？」

「さあね、なんとなくね、わかるような気がしますよ」

星涼《せいりょう》学園は、中学校から大学まで女子校でしょ。その男の子はきっと、あなたのあとを追いかけてゆきたいのよ。名探偵《めいたんてい》さん、そんなことも気づかないの？ばぁばは、こころの中でささやいた。

「教えてよ」

「もったいないから、とっておきましょう。ゆっくりと自然に気づくのも、ステキかも知れないわね。ちょうどこんな感じかしら？」

カップの中では、角砂糖《かくざとう》がふんわりと、とけはじめていた。

スプーンを持つと、ばぁばは思いだしたようにもうひとつ、つけくわえた。

「そうそう、昔はね、〈切り裂《きさ》きヘンデル〉だったのよ。とちゅうでバッハに交代したらしいの」

クリスマスのできごと

— 𝄋（セーニョ） —

ＭＥＲＲＹ　ＸＭＡＳ♥

黒板に書かれたその文字を見てしまったのは、クリスマスが近づいた日の放課後だった。文字の前には、腕ぐみをしたオジワカ先生が立っていた。授業中《じゅぎょう》にも見せたことがないくらいの真剣《しんけん》な様子で、じっと黒板をにらみつけている。しばらくして首をひねると、またチョークで〈ＭＥＲＲＹ　ＸＭＡＳ〉とつづってみて、最後《さいご》にハートマークをつける。黒板は、もうすきまがないほど、ピンクのチョークで書かれた〈ＭＥＲＲＹ　ＸＭＡＳ♥〉でうめつくされていた。

「やっぱり記号じゃ、つたわらないかな」

そうつぶやくと、先生は〈ＭＥＲＲＹ　ＸＭＡＳ　ＷＩＴＨ　ＬＯＶＥ〉と書き、すぐに「わああ！」とさけびながら消した。一日分のエネルギーを使いきったように、うすい肩がゼイゼイしている。

「ちゃんと見つけてもらわなきゃ。いや、見つけられてもなあ」

カナとミユは目くばせをすると、そっとあとずさりして教室をはなれた。

わたしたち、先生のヒミツの計画を知っちゃったのかも……。

時おり聞こえてくるオジワカ先生のためいきと、キュキュっという音だけが、ずっと廊下《ろうか》にひびいていた。


「今にも雪がちらついてきそうよ」

ミユが空を見あげて言った。まだ日がしずむには早いのに、あたりは暗い夕やみの中へとにじみはじめていた。

「ホワイト・クリスマスになりそう」

カナの声も、ミユとおなじくらいにふるえていた。成田空港《なりたくうこう》の展望デッキに立つ人は、まばらだった。

つめたい風に乗って、恐竜の鼻息みたいなゴオーというエンジン音がひびいてくる。これから黒くかたい雲をぬけて飛びたってゆこうという飛行機の機体は、入念に準備運動をしているようにも見えた。

カナたちがひっついているフェンスの先には、パパの乗った飛行機があった。アメリカへ出張にゆくパパを見送るために、カナとママは冬の日ぐれのデッキに立っていた。友達のミユも一緒だ。

「パパ、いいな。クリスマスが二回もできるなんて」

これから日本を飛びたつ飛行機が着くころには、ニューヨークはまだ、クリスマスパーティーの真っ最中《さいちゅう》だ。

「あたしも飛行機に乗ってみたいな」

「まあ、ミユちゃん！」

ママがおどろいた声を出した。

「ライト兄弟がどれだけ失敗《しっぱい》したのか、知ってる？　そんなに失敗《しっぱい》しなくちゃ出来なかったものなんて、信用しちゃだめよ」

「……ライト兄弟、ですか」

「飛行機はね、『わたし、ちょっとここで降ります』なんて、できないんだから。

乗ったら最後《さいご》、なにかが起きても、墜落《ついらく》するまで逃げられないのよ！」

もしもわたしが将来、外国に行って勉強したいってお願いしたら、ママはなんて言うだろう。カナはちょっとだけ、暗い気持ちになった。

「出発までここで待っていたら、風邪を引いちゃうわ。ロビーの中から見送りましょ」

毛皮のマフラーをおさえながらママが言って、カナたちは歩きだした。展望デッキに残っているのは、あと一人だけだった。

ベンチの前に女の人が立っていた。首もとで切りそろえたみじかい髪とグレーのコートが、もう帰りたそうにうしろへとはためいていたが、その手はいつまでもフェンスをにぎりしめていた。

「ねえねえ、あの人のバック、かわいいね」

ミユがささやいた。黒い革地のバックには、ト音記号とへ音記号、音符の模様が色とりどりの糸で刺繍《ししゅう》されていた。

「遠くに行っちゃう恋人を見送っているって感じ。空港でのお別れって、ドラマチックよね」

かなしげにくもった顔。旅立ってゆく人と、すこしでも一緒にいたくて、この場所をはなれられない。そんなふうに見えたけれど――。

突然、その女の人がさけんだ。目の前の飛行機にむかって。顔をしわくちゃにして、きれいな唇がゆがむのもかまわずに。

「ヘタクソ！」

冬の風とエンジン音のすきまから聞こえた声は、たしかにそう言っていた。

南ウィングの待ち合いスペースにも、大きなクリスマスツリーが置かれていた。リンゴのようなまっ赤なボールをつりさげた枝が、広々とした空間をにぎやかにしている。

「ウィングなんて聞いたら、カズマはチキンのことだと思うんだろうな」

ミユが言った。

「あいつ、となりのクラスの玉井ひな子ちゃんのことが好きなのよ」

「え？　そうなの」

ひな子ちゃんは、いつもちょこちょこと歩く小柄な女の子だ。

「名前がおいしそうなんですって、親子丼みたいで」

「さすが、食いしん坊ね。カズマには、玉丼《たまどん》さんって見えちゃうのね。勝手に点をつけて」

「そんな理由で好きになる？　女の子のことをバカにしてるよね」

ミユの口ぶりは、なんとなくすねているように聞こえた。

「だれの名前が、おいしそうだって？」

うしろから声がしてふりかえると、見なれた二つの顔がならんでいた。

「先生！」

オジワカ先生と、メグミ先生だった。

「どうしてここに？」

「兄が一時帰国していたの。またアメリカにもどるので、さっき出発口まで送ってきたところ」

メグミ先生が答えた。

「もしかしてニューヨーク行きですか？　うちのパパもその飛行機に乗っているんです」

「あら、じゃあ、一緒の便ね」

メグミ先生は、横に立っているオジワカ先生をちらりと見た。

「兄がアイザックに会いたがっていたから、オジワカ先生にお願いして連れてきてもらったのよ」

オジワカ先生の両手には、見おぼえのあるピクニックバスケットがかかえられていた。秋のスクール・フェスティバルの日におきた〈切《き》り裂《さ》きバッハ事件〉の時のまま、猫用ケージの代わりになっているのだろう。

アイザックは、メグミ先生のお兄さんの飼い猫だった。物理学者《ぶつりがくしゃ》であるお兄さんが、研究のためアメリカに行くことになり、オジワカ先生があずかることになったのだ。お兄さん以外には、決してなつかないという気むずかしい猫だったが、なぜかオジワカ先生にはコロっとこころを許した。オジワカ先生には、そんなぬくぬくした安心感があるのかも知れない。

それにしても――。

カナは、ちょっとがっかりしたような、心配な気持ちになった。

クリスマスの国際空港《こくさいくうこう》だ。着かざった人々、頬を寄せる外国の恋人たち。はなやいだざわめきの中で、残念《ざんねん》ながら二人の先生に特別な感じはまったくなかった。

オジワカ先生は、いつもの服装。女の子たちに〈まつぼっくり〉と呼ばれている、こげ茶色の毛玉だらけのセーターだ。メグミ先生も、トラなみに凶暴《きょうぼう》だというアイザックにおびえてか、なんとなく距離をおいて立っている。

「先生、どうしたんですか？　その手」

オジワカ先生の右手には、白い包帯がまかれていた。

「車を洗ってたら、すべっちゃったんだ。ドジだねえ、はは」

オジワカ先生、なんだか落ち着かないなあ。今年の春に、ガマガエルのストラップを、両生類大好きのメグミ先生に見せようとソワソワしていた時と似ている。

――今日だよ、きっと。

カナはそっと、ミユのうでをつついた。

——うん。このあいだ見ちゃった、アレね。

ミユも、小さくうなずいている。

あの〈MERRY　XMAS♥〉を見せる相手は、やっぱりメグミ先生だ。

でも、どうやって？　黒板に練習していた文字は、授業《じゅぎょう》よりもずっと大きかった。あれをどこに書いて、どんなふうにメグミ先生に見せるつもりだろう。オジワカ先生のことだ、ドラマみたいな大胆な告白なんて、できっこないはずだけど。

大丈夫かしら。ガマガエル作戦は、途中で先生がなくしちゃって、失敗《しっぱい》におわったもの。

おもいがけず、おなじ飛行機の離陸《りりく》を待つことになった五人（と一匹）は、むかい合ってならんだイスの一角に座った。ちょうど、ガラスのむこうに、ライトに照らされた巨大な機体が見えた。

——ゴトウ・フミヨさま、搭乗口《とうじょうぐち》までお急ぎください。

先ほどから、何度もおなじ名前がフロアにひびいている。ゴトウ・フミヨさんは、今、空港の中でもっとも有名な名前になっているだろう。

「この人、ずっと呼びだされてるね」

「ほらね、直前になって、やっぱり飛行機に乗るのが嫌になった人がいるのよ」

ママがミユに言った。

「でも、ニューヨーク便の乗客みたい。兄たちの乗っている飛行機だわ」

「こなかったら、置いて行かれちゃうの？」

ミユの問いに、メグミ先生が答えてくれた。

「搭乗の手つづきをすませている人がいるのに、荷物だけ飛行機の中に積んだまま離陸《りりく》することはできないの。乗らないのなら、その人の荷物も機内から降ろすことになるわ」

「あんなにいっぱいの荷物の中からさがしだすの？　たいへんそう」

「そうね。時間になっても、あらわれない人って、けっこういるみたいよ。ゲートの番号をまちがえているとか、免税店《めんぜいてん》での買い物に夢中になっちゃっているとかね。本人が早く気づくといいんだけど」

カナは立ちあがると、イスのいちばんはしに座っている女の人に話しかけた。さっき、最後《さいご》までデッキにいた人だった。

「あのー、放送で呼んでますけど」

「え？」

「お姉さん、ゴトウ・フミヨさんですよね」

女の人は、おどろいたようにカナを見あげた。

「すいません、パパたちの飛行機が飛ばないんです。早く行ってもらえませんか？」

カナの言葉がおわらないうちに、するどい声が返ってきた。

「ちがいます！」

「でも、この刺繍《ししゅう》」

カナはバックを指さした。

「ト音記号は『G』、へ音記号は『F』をあらわします。これ、お姉さんのイニシャルでしょう」

「こんな柄、どこにでもあるわ」

「あとの音符は？　二分音符と三連符と四分音符。これで『フミヨ』と読むんじゃありませんか？」

くっと口もとをつまらせてそむけた顔が、この人がゴトウ・フミヨさんだと認めていた。

「いきなり、なんなの？　あなた」

「ウチのクラスの名探偵《めいたんてい》です」

ミユが答えた。うしろから、ママや先生たちもやってきた。

「たしかに音符の模様なんて、めずらしくありませんけど、これは、音楽が好きな人のちょっとした暗号かなって思ったんです。だって、お姉さん、バイオリンを弾くでしょう？」

カナは自分の左あごの下をさわって見せた。女の人のおなじ場所には、小さな赤いあざがあった。

「バイオリンのキスマークですよね。長い期間、練習をするうちにできる。わたしも音楽が好きなんです。前に、音楽鑑賞教室《かんしょうきょうしつ》でオーケストラの人たちがきてくれた時に、教えてもらったんです」

「Sフィルのバイオリニストよ」

有名な楽団の名前を告げると、ゴトウ・フミヨさんは立ちあがった。

「失礼するわ。よけいなこと、しないでちょうだい」

「乗らないつもりだったんでしょ？　はじめから」

コトン。カナの言葉に通せんぼうをされたように、フミヨさんのパンプスが止まった。コートがゆれて、ラズベリーに似た甘い香水のにおいが、ふわりとたちあがった。

「ええ、そうよ。パスポートとチケットを持って、航空会社のカウンターでチェックインをしただけ。機内にあずけたス――ツケースも、中身は枕をつめただけだもの」

「じゃあ、飛行機を飛ばさせないためにやってるんですか？」

正義感の強いメグミ先生が、思わず声をあげた。

「そのうち、飛ぶでしょ。遅れるでしょうけどね」

「よっぽど飛行機に恨みがあるのね」

ママが言った。

「だれか、乗ってるんですよね。あの便に」

カナがそう言うと、フミヨさんの顔に、デッキで見たくるしげな影が、ふたたびうかんだ。

「同僚《どうりょう》よ。楽団で一緒にバイオリンを弾いてるの」

「もしかして、彼氏さんなの？」

ミユの言葉に、フミヨさんはさびしく眉をあげて見せた。

「かわいらしい呼び方ね。わたしたちは、戦友って言った方が近いかも。音大時代からだから、古いつきあいだけど」

フミヨさんは飛行機に目をむけた。

「アメリカのある管弦楽団がね、ニューイヤー・コンサートに、日本からバイオリニストを招待《しょうたい》することになったの。すごく尊敬《そんけい》していた人が音楽監督だったから、夢のような機会だったわ。オーディションの結果、わたしは不合格。彼だけが選ばれたの」

みんなが気のどくそうな表情をする前に、フミヨさんは口を開いた。

「わかってるわよ！　これでもプロなのよ。才能のある人たちと競って、コンクールやオーディションで思うようにならなかったことなんて、いくらでも経験してきたわ」

逸材《いつざい》といわれた人ばかりがあつまった中で上をめざしてゆくには、想像もつかないほどのたいへんな努力が必要だ。そのきびしい練習と競争に人生をかけることを選んで、ここまできているのだ。フミヨさんのキリっと伸びた背筋からは、それを選んだプライドと、集中力と緊張《きんちょう》をキープしてきたつかれが感じられた。

「ちゃんと『おめでとう、すごいね』って、『わたしの分もがんばってきてね』って、言おうとしたのよ。そしたら彼が言ったの。『一緒にニューヨークへ行こう』って」

一緒にニューヨークに行こう。

そんな素敵なセリフにフミヨさんは傷ついたのだ。

「それって残念《ざんねん》だった演奏家《えんそう》としてつき合ってる相手として？　それとも、単に、彼は答えなかった」

フミヨさんの目にうかんでいる複雑で破壊的な光の意味は、小学生の女の子たちが読み解くにはすこしむずかしすぎた。

「そうしたら、どうしようもなくみじめな気持ちになって、怒りがこみあげてきたの。その場で断ったわ。ひどい言葉を山ほど投げつけてね。そして、こっそり彼とおなじ便をとったの」

「恋人へのいやがらせのために？」

メグミ先生が聞いた。

「彼が悪いのよ、うんとこまればいいんだわ」

「まちがってる！」

三人がおなじ言葉をさけんだ。

おっとりしたミユがめずらしく、頬をふくらませてフミヨさんを見つめている。

「そんなんじゃ、相手の人にはなんにもつたわらないよ！」

「そうよ、こんなふうにこまらせるなんて、よくないです！」

メグミ先生の声も怒っている。

「電車かバスにすべきよ。だれかを引き止めたり、追いかけたりするなら」

となりからママが変なアドバイスをつけくわえた。

「コンビニで言ったのよ、あの人ったら。音楽家のくせに、まったくロマンチックじゃないんだから」

フミヨさんはみじかいため息をつくと、顔をあげた。

「あなたがたに、わたしを止める権利はないわ。帰ります、そこをどいて」

「その男性とどうなろうと、あなたの勝手ですけど」

メグミ先生は、ぱっとうしろをむくと、ポカンとしているオジワカ先生の手からバスケットをひったくり、フミヨさんの前につきだした。

「搭乗口《とうじょうぐち》に行って、『乗りません』って申し出てからにしてください。この中には猫が入っています。とんでもなく、凶暴《きょうぼう》な猫ですよ。帰るのなら、けしかけます。大ケガしますよ、この人みたいに」

フミヨさんは、とっさに手袋をはめた手をすくめた。

「エ？　ぼく、いや、ちが……」

口をパクパクしているオジワカ先生にはかまわず、メグミ先生はつづけた。

「指、大切でしょ。演奏《えんそう》家ですもの」

メグミ先生の、身長１７５センチの高さからつめよられると、すごみがある。

あまりの迫力にみんな唖然としていた。

「そこまでしてわたしを阻止しようとしてくださって、ありがたいのですけれど」

こわばった表情でバスケットを見ていたフミヨさんが、ぬっと手をのばした。

「猫って、どこにいるのかしら？」

フタを開けると、からっぽの底が見えた。

「留《と》め金《がね》がはずれているわ」

「ああっ、しまった！」

オジワカ先生が、飛びあがった。

「逃げちゃった！　おおい、アイザック、どこにいっちゃったんだ！」

頭をかかえて、人ごみの中へ分け入っていった。

「あの、わかります。なんとなく」

ミユがフミヨさんの前にすすみでた。

「なにがわかるの？」

「コンビニです。大切なことをコンビニで言うなんて、なんか、すごく、お手軽にあつかわれたような気がするもの」

ミユの一生懸命《いっしょうけんめい》な表情に、フミヨさんは弱々しくほほえんだ。

「そうよね。でも、もう、ほっといて」

フミヨさんは、バックをにぎりしめた。

「フミヨ」

ふいに、うしろで男の人の声がした。がっしりとした肩の上に、ゾウのような小さな目を乗せた男性が、こちらへむかって歩いてくる。

「あなた、どうして」

「音楽家の勘をなめてもらわないでほしいね」

けわしい表情とは反対に、その声はとてもやわらかかった。きっと、この人の弾くバイオリンの音は、上等なコートのようにあたたかいのだろう。

「行こう。機内の方々をお待たせしている」

「なにを言ってるの？」

「話はあとで。僕ときてくれないか」

「いやよ。あなたと話すことなんか、ないわ」

「ニューヨークまではじゅうぶんに時間もある。それに」

男の人は、ふっと目をほそめて見せた。

「さっきの暴言の理由を聞かせてもらわなきゃね」

「なんのこと？」

「君、僕の飛行機にむかってさけんだだろう？『ヘタクソ！』ってね」

おどろいたフミヨさんのくちびるがわずかに開いた。閉ざされたとびらにすきまができたように。

「僕には聞こえたよ。どんな騒音の中だって、君の弦の音も、君の声も、聴《き》き分けられるんだ」

男の人は、やさしくほほえんだ。

「信じない？」

フミヨさんの目がうるんでいた。肩が、にぎっていたこぶしが、見る見るゆるんでゆくのがわかった。

「もうおそいわ。あんなひどいことを言ってしまったもの」

「おそくないさ」

「クリスマスだって、おわっちゃう」

「飛行機が到着するころ、ニューヨークはまだ十二月二十五日だよ。僕らは、ダ・カーポのように時間を逆もどりして、クリスマスの夜にすべりこむわけさ。なかなかロマンチックじゃないか」

まるでフミヨさんの涙がこぼれるのを受けとめるように、男の人が手をさしだした。あれほどかたくなだったフミヨさんの足が、すっと前へ出た。

手をつないだまま、二人は歩いて行った。おそろいの黒いバックが、おなじリズムでゆれている。

「行っちゃったね」

ミユが言った。

「本当は、すなおな女性なんでしょうね」

メグミ先生も胸をなでおろしている。

――バカだね。

あの子だったら、こう言いそう。カナの頭の中に、口笛のように高くとおる声と、くしゃくしゃな寝《ね》グセのある頭がうかんでいた。

「そう言えば、あの人、スーツケースの中に枕しか入ってないんだよね」

「だいじょうぶよ」

ママが笑った。

「枕はきっと、役にたつわ」

「やれやれ、これで兄たちも出発できるわね」

——アイザックさま、南ウィングの待ち合いスペースまでいらしてください。

「オジワカ先生、アイザックを放送で呼びだしてるよ」

「見つからなくて、よっぽどあわててるのね」

「アイザックも先生も、どこ行っちゃったんだろう」

ミユは、キョロキョロとフロアを見わたしている。

「いい先生だけど、いつもあたふたしている方ね」

ママが言った。

「兄のためにわざわざ空港までできてもらって、もうしわけなかったんですけど、先生、なんだか変なことを言ってたわ。アイザックの帰りを見送ってくれって」

「見送る？　空港から帰るのをですか」

「そう。パーキングにわたる連絡橋があるでしょ。そこで待っていてほしいって。下を車で通るから、見ていてほしいそうよ。寒いのに、わざわざ猫を見送るなんて、変なの」

それだ！

カナは、心の中でうなずいた。『ちゃんと見つけてもらわなきゃ』って、こういうことだったのね。

「わあ、雪！」

ミユがうれしそうな声をあげた。

「やっぱり降ってきたね」

ガラスのむこうは、いつのまにか雪空になっていた。

「本当にホワイト・クリスマスになった」

重い雲におおわれていた空は透明な青に変わって、その巨大なスクリーンから銀色の光をまき散らしている。外はきっと寒いのだろう。けれど、こんなにきれいだと、つめたさすら感じなくなる。

「つもらなきゃいいんだけど。車が運転しにくくなっちゃうわ」

ママの期待に反して、この雪はつもるかもしれない。

つもる――。

「ねえ、ミユ。オジワカ先生の車って」

「ちっちゃくてボロい、白の軽自動車だよ」

「その白い車の上に雪がつもったら？」

「なあに、それ。なぞなぞ？」

　メグミ先生がたずねた。

「カナ、ママは謎《なぞ》がきらいなの。なぞなぞなんて、謎《なぞ》がふたつもならんでいるものは、もっときらいなのよ」

　眉をしかめるママをさえぎって、カナはミユを引っぱって行った。

「ママ、ちょっと行ってきます！　人だすけ、じゃなくて猫だすけ。ほら、アイザックをさがさなきゃ」

　走りながら、カナはミユに説明した。

「車の屋根よ。〈ＭＥＲＲＹ　ＸＭＡＳ♥〉は、オジワカ先生の車の上に書いてあるんだわ」

「そうか。それを、メグミ先生に連絡橋の上から見てもらおうって作戦ね」

「雪がつもったら字が読めなくなっちゃう。はらっておかなきゃ」

「もう、男の人って、なんて面倒くさいのかしら」

スーツケースを持った人でうまっているエスカレーターのすきまを降りながら、ミユが言った。左右の三つ編みがプリプリとゆれている。

「せっかく、クリスマスの夜にメグミ先生本人と一緒にいるのよ。ご飯にさそうとか、もうすこしわかりやすいこと、できないのかな」

連絡橋をわたると、パーキングが広がっている。粉砂糖《こなざとう》をふりかけたケーキのように、白く丸くなった車がならんでいる。

「オジワカ先生、どのへんに置いたんだろう」

雪は、今や照明灯の下を真っ白にして、ざんざんと降ってくる。カナとミユは、前髪にかかる雪をはらいながら背伸びをして見まわした。

ちっちゃくてボロい、白の軽自動車！

その車は、すぐに見つかった。わかりやすい目印があったからだ。車の上にひょこんと乗った、黒い物。

「アイザック！」

お腹の下にのぞいているピンク色の文字。その文字を守るように、アイザックが寝《ね》そべっている。ヒゲについた雪をときどきふり落としながら、まるで昼寝《ひるね》をしているように悠然と目を閉じていた。

「もどろう、ミユ」

二人はゆっくりと車からはなれた。

「あとは、この子にまかせよう。よろしくね、アイザック」

待ち合いスペースにもどると、メグミ先生とママがガラスのむこうをながめていた。

「ちょうど、パパたちの飛行機が離陸《りりく》したところよ」

「よかった。あとは見送りのお仕事ね」

クシュン！　と、メグミ先生がくしゃみをするのと同時に、こっちに走ってくるオジワカ先生のすがたが見えた。

「先生、アイザック、見つかりましたよ！」

カナとミユは手をふって先生をむかえた。

「まったく。あたしたちが卒業しちゃったら、だれがオジワカ先生の世話をしてあげるのかしら」

ミユがつぶやくと、メグミ先生は声をたてて笑った。

「クラス担任って、いいわね。小さなお嫁さんがたくさんいるみたいで」

メグミ先生、気づいてあげてね。オジワカ先生がほしいのは、大きなお嫁さんだっていうことに。

「やあ、ありがとう。どこにいたって？」

「先生の車にもどっていました。寒いから、早く帰りたくなったんでしょう」

「じゃあ、アイザックが風邪を引かないうちに、わたしたちも失礼しましょうか」

オジワカ先生をうながすと、メグミ先生は歩きだした。身長差１５センチの二つの頭が、つかずはなれず、人ごみの中にまぎれてゆく。

「メリークリスマス！」

「オジワカ先生、がんばって！」

カナとミユは、まつぼっくり色のセーターが見えなくなるまで、祈るように見送っていた。

「なにをがんばるの？」

ママの問いに「ヒミツ！」と答えると、二人はクスクスと笑いが止まらない口を手でふさいだ。

「メグミ先生、車のメッセージをちゃんと見つけるかなあ」

「どうかな」

カナは、クシャミをしながら連絡橋の下をのぞきこんでいるメグミ先生と、雪をけちらしながら車の屋根をすべり降りるアイザック、ドキドキしながらハンドルをにぎっているオジワカ先生のすがたを想像した。

「クリスマスの夜ですもの。奇跡がおきるかも」

カナとミユは、ならんでガラスのむこうを見つめた。二人のうしろにツリーが映っている。

「あーあ、今日でおわっちゃうのね。クリスマスも」

ずいぶん早くからここにかざられていたにちがいないクリスマスツリーは、最《さい》後《ご》の夜をなごりおしんでいるように見えた。

「お正月がきちゃうね。そしたらバレンタインがあって、その次がひな祭りで、それがおわったら」

ミユはつないだ手をにぎりしめた。

「あたしたちの卒業式だね」

「うん」

「もう、すぐだね」

「ううん、まだまだだよ」

カナも、ミユの手をしっかりとにぎりかえすのだった。

「来年も友達だよ」

二人は笑顔でみつめ合った。

「ねえ、ミユ。ミユの名前だって、ミルフィーユみたいでおいしそうだよ。食いしん坊はきっと、スイーツも大好きだと思うけどな」

ツリーのあかりが灯ったように、ミユの顔がぽっと赤くなった。

ミユって、わかりやすい。

カナはもう一度、滑走路をふりかえった。ぬれた路面に、反射したライトが光っている。

フミヨさんは、気づいているのだろうか。あの男の人のバックに刺繍《ししゅう》されていた音楽記号𝄋、セーニョ。〈楽譜のここへもどってください〉という目印だ。あれは、きっとフミヨさんへのひそかなメッセージ。

なにがあっても、僕のところへもどってきてください。なかなかもどってこないフミヨさんにしびれを切らして、あの人はむかえにきたのよ。

だれかに見つけてもらうために、人はなにかをかくすのかも知れない。

ふたたび夏のできごと
—四つの宝もの—

ママって、すばらしい人なんだわ。

カナはそっとつぶやいた。ちょうど電車が鉄橋にさしかかったところで、その声は轟音《ごうおん》に消し去られていった。

風と一緒に河のにおいがなだれ込んできた。去年とおなじ、夏の高原の風だ。長くのびた草のツルが、ヒュルヒュルっと音をたてて車体をなでる。背高の木立ちは、うんと上空までそびえたり、谷底にしずんだりしながらどこまでもつづいてゆく。そのまっすぐな木の列が、「逃げようとしてもムダだよ」と言っているように見える。

しょんぼりとカナは首を落とした。やっぱり、ママの言うとおりだったのかも知れない。

〈謎《なぞ》と超常現象《ちょうじょうげんしょう》には、決して近づかないこと〉。ママの口ぐせだ。

瀬和《せわ》カナ、中学一年生の夏。今年も、軽井沢《かるいざわ》にあるニレのおじさんの家にやってきた。

「カナちゃん、お待ちかねのニュースだよ」

モーニングコーヒーをいれながら、おじさんが教えてくれた。

「夕べ、おとなりのご夫妻が到着したみたいだ」

ジョンさんがきた！

朝ごはんをおわらせると、カナはからまつの中をかけて行った。

ジョンさんに会ったら、聞きたいことがたくさんあった。アンティークピアノのこと、音楽のこと、ジョンさんの暮《く》らしていたイギリスのこと。ノリコさんの、あのとびきりおいしいスコーンも焼けているにちがいない！

ベルを鳴らすと、ノリコさんがむかえてくれた。

「いらっしゃい。ちょうど、もう一人のお客さまがいらしたところよ」

リビングのドアを開けると、真っ赤な布が目にとびこんできた。

どうして、こうなっちゃったんだろう。今ごろはスコーンをほおばりながら、おしゃべりをしているはずだったのに、行き先も知らない電車の中にいるなんて。ずいぶんと遠くにきてしまったみたいだ。民家も田んぼもまばらになって、電車は黒くしげる山の中に分け入ってゆく。

カナは窓の外にむけていた目を、ちらりと前にやった。むかいの座席には、インドの民族衣装、サリーをまとった女性が座っている。氷イチゴのようなあざやかな赤は、一両編成の素朴な列車の中でひときわ目をひいていた。

「ねえ、どこに行くの？」

そうたずねるのも、もう三回目だ。

「こびとをさがしに」

サリーの女性はすまして答えた。

「キョウコ姉ったら！」

声をあげたカナを見て、キョウコはますますおもしろがっているようだった。

「うーん、こびとよりもむずかしいかもね」

「まじめに答えてよ」

ジョンさん家のリビングにいたキョウコ姉は、「きたきた、さあ、出発よ」と言って立ちあがり、そのままカナは連れだされてしまったのだ。

キョウコ姉はカナの伯母《おば》さん。インドア派のママとは正反対の性格だ。不思議《ふしぎ》なことや知らない場所が大好きで、じっとしていられない。森でこびとを見つけて、一日中追いかけまわしているような子どもだった。トラベルライターという仕事についている今でも、なにかをさがしに行ったら、いつ帰ってくるかわからない。

そう言えば今朝も、キョウコ姉の写真と目が合った。おじさんのカフェのピアノの上には今でも、子どものころのキョウコ姉の写真が置いてある。フワフワのワンピースを着て、お姫さまのポーズをとったキョウコ姉は、仔猫《こねこ》のような瞳だけをすばしっこそうに光らせて、目をはなしたら写真の中からも逃走しそうに見えた。

「だいたい、その変な格好」

「失礼ね、これインドではお祝い用の晴れ着よ」

キョウコが広げてみせると、金色の刺繍《ししゅう》をあしらった絹の布は、夏の陽を受けてつやつやと光をはなった。

「だから、なんでインドの服なの？」

「変装」

「だれかに見られたら、こまるってこと？」

「だれかにササっと見つけてもらうためよ」

ますますわからないわ。キョウコ姉ったら、なにをしてかすつもりだろう？

不安げなカナをよそに、キョウコは大きなあくびをひとつすると、ようやく教えてくれた。

「アフターサービスってやつよ」

「アフターサービス？」

「むかし、あんたのじぃじが解いてまわった謎《なぞ》のね」

「えっ？」

予想もしなかった答えに、カナの目が大きく開いた。

「キョウコ姉、そんなことやってるの？」

「たまにね。まあ、夏合宿だと思ってつき合ってよ。今回は、あんたにも関係があることなんだから」

「わたしに？」

キョウコは、リュックサックの中からメモ帳を取り出し、カナに見せた。

「じぃじのよ」

カナは思わず身をのりだした。名探偵《めいたんてい》だったというじぃじが、実際にどんなことをしていたのか、聞いたことがなかったのだ。

「謎解《なぞと》きのメモなの？」

「ちがうわ。ふだんから使っていた、おぼえ書きみたいなものよ。謎《なぞ》についてはね、依頼主さんへの配慮《はいりょ》で、ほとんど記録を残していないの」

じぃじは、畑仕事をしている普通のおじいさんだった。ただ、謎《なぞ》を解くのがすごく上手で、たのまれれば無償《むしょう》でどこへでも（外国へだって！）出かけて行っていたらしい。

ページをめくってみると、『自治会《じちかい》の会合　コミュニティーセンターに変更』、『大根の種と肥料　来週中に発注』といった日常の簡単なメモが、ていねいな文字で残されている。そうかと思うと、『ウィーン経由　ロシアに入る』なんて一文もある。

「そしてこれが、じぃじが解いた最後《さいご》の謎《なぞ》についてのメモ」

『信州《しんしゅう》　根子谷《ねこだに》　阿弥陀《あみだ》にたずねよ』

「これだけ？」

「そう。問題は次のページ」

ページをめくると、そこには二つの文字がポツンと書かれていた。

『カナ』

「わたしの名前だ」

「メモはこれでおわり。根子谷《ねこだに》に行っていたのは、まだパパとママが、うちのとなりに引っこしてくる前のことよ」

　カナはじぃじとタッチ交代で生まれてきた。だから、会ったことがない。

「あんたを産んだ時、ママはさ、お葬式と出産をいっぺんにしなきゃならなかったのよ」

「うん、知ってるよ」

　だけど、その時どれほど大変だったのかについては、ママもばぁばもあまり話してはくれない。

「そこに、このメモが見つかったわけ。きっと生まれてくる孫の名前を考えていたんだって、だれもが思ったわ。ママは『お父さんが、プレゼントを残してくれた！』って、ずっとメモ帳を抱きしめていたのよ。それで、カナって名前に決めたの」

「はじめて聞いたわ」

　カナは、胸が熱くなるような気がした。ママがそうしたように、じぃじのメモ帳を抱きしめたくなった。

「わたしの名前は、じぃじがつけてくれたのね」

「だと思っていたんだけどねえ」

「えっ」

「ゴメンねー、あたしたちのかんちがいだったのかも知れない」

「かんちがいって」

それを聞くのには、すこし勇気が必要だった。

「じゃあ、これ、わたしの名前じゃなかったの？」

「それをたしかめるために、取材を中断して飛んで帰ってきたんだから。チベットから苦労して、やっとインドに入ったところだったのよ」

キョウコは、リュックのポケットから一枚のハガキを出した。さしだし人の住所は長野県《ながのけん》。日根子こまりという名前が、ほそい毛筆でしたためられていた。

「日根子《ひのねこ》家というのは、これから行く根子谷《ねこだに》にある旧家よ。十四年前、じぃじは依頼を受けて、ここに滞在していたの。こまりさんは、そこの娘さん。今でもきちんと、折々のたよりをくれるの。そして、これが、今年とどいた暑中見舞《しょちゅうみま》いよ」

清流を泳ぐ鮎のようにするりとした文字で、夏の暑《あつ》さを気づかうあいさつのあとに、こんな文章がつづられていた。

〈根子谷《ねこだに》のカナの謎《なぞ》に、大変難渋《なんじゅう》いたしております〉

「どういうこと？」

「この土地にも、『カナ』って呼ばれるものがあるのね。つまり、最後《さいご》のページの『カナ』は、孫の名前を考えていたんじゃなくて、たんに長野での謎解《なぞと》きのメモのつづきだったのかも知れない」

「その、根子谷《ねこだに》の『カナ』ってなに？」

「なんだろうね。だから行って、たしかめなきゃ」

単線の線路が二手に分かれると、電車は速度をゆるめ、ゴットンといって止まった。クジラの背中のようなせまいホームに、カナとキョウコだけが残された。ぐるりと見わたしても、木造の駅舎のほかに、屋根はひとつも見えない。

しんとした改札をぬけると、小さな待合室があった。手編《てあ》みの毛糸カバーのかかった座布団《ざぶとん》が二枚、のんびりと休んでいる。その横で『名物ねこにんじん』と書かれたのぼりが、せわしく風にはためいていた。

人気のない駅前広場に、タクシーが一台だけ停車していた。その一台がスッとやってきて、カナたちの前でドアを開けた。

「どうぞ、お乗りください」

目じりに優しそうなしわをこしらえた運転手さんが顔をだした。二人が乗りこむと、

「猫目屋敷《やしき》ですね」

おじさんはそう言って、ウィンカーをつけた。

「キョウコ姉、タクシー呼んでおいたの？」

かわりに運転手さんが答えた。

「日根子《ひのねこ》のお嬢さまからことづかっておりました。変わった格好をした女性の方が降りてきたら、案内《あんない》してほしいと」

ほらね。と言う顔で、キョウコはサリーのすそをつまんでみせた。

タクシーは、くねくねした山道をあがったりさがったりしながら、どんどん山奥に入ってゆく。

「お客さま、きれいなお衣裳ですねえ。まるで邪馬台国《やまたいこく》の卑弥呼《ひみこ》さまのようですねえ」

「ありがとう」

お礼を言うと、キョウコ姉はとくいげにつづけた。

「あたしが卑弥呼《ひみこ》だったら、もっとデカい国をつくっておいたわ。どこにあるのか、あとですぐにわかるようにね」

「あの、猫目屋敷《やしき》って？」

「到着したら、おわかりになりますよ」

カナの問いに答えると、運転手さんはうんとアクセルを踏んだ。車は、急な坂をのぼってますます奥へと入ってゆく。しばらくして、視界がひらけた。

谷底にたまった小石のように、小さな集落がならんでいる。その一段高い台地の上に、立派《りっぱ》なお屋敷《やしき》があらわれた。高く積まれた石垣と瓦屋根が、どこまでもつらなっている。谷にたなびく霧の上にうかんださまは幻想的で、海の底の竜宮《りゅうぐう》城《じょう》を思わせた。

門の前で、カナたちはおろされた。

「お待ちしておりました」

すずしげな麻の着物を着た女の人が立っていた。ハガキの文字とおなじ、小筆で引いたような黒くほそい目が、真横に走っている。

どうぞ、と案内《あんない》されるままに、カナたちはすすんだ。

すごいところにきちゃったみたい。

二重の屋根を持つ門は、オジワカ先生のアパートよりも大きい。舞台カーテンのような大幕がかけられており、おそらく家紋なのだろう、丸の中にレンズのようなタテ線の入ったマークがくっきりと染めぬかれていた。ずらりとならんだ瓦のひとつひとつにも、おなじしるしがついている。

「変わった家紋ですね」

「猫の目のようでしょう？　この紋を許されているのは日本で当家だけですの」

女の人が、ほほみながら教えてくれた。

それで猫目屋敷《やしき》か。玄関《げんかん》を入ると、ひんやりとした土のにおいが顔にあたった。

夏の日ざしが、カナとキョウコの影だけを残して、ほのくらい土間《どま》にあたってい
る。土間《どま》はずっと奥までつづいて、その先には、かまどが見えた。

「こちらから、おあがりくださいませ」

からりと障子が開くと、大空間が目に入った。

「うわあ、広い！」

「直居《ひたい》と言いまして、一族全員《ぜんいん》が直に会することのできる大座敷です。『根子《ねこ》の
直居《ひたい》』と呼ばれております」

「大広間がネコのヒタイね。なんか、まぎらわしい」

キョウコがつぶやいた。

「ずいぶんおもしろい敷き方ですね」

畳はタテになったりヨコにしたり、へんてこりんな法則で置かれていた。その

ためか、ところどころにすきまができて、畳をつぎ足している。

美術室《びじゅつ》にかざってある絵に、こんなのがあったな。黒い直線で大小の長方形が区切られたさまは、有名な画家の抽象画《ちゅうしょうが》を思わせた。

「アートだね。朝鮮のポジャギみたい」

キョウコも感心して見とれている。

「百年ほど前に、このようになったと聞いております。ならべ方を変えてはいけないのですよ」

歩きだすと、コトリとかすかに足もとがゆれた。入り口だけが板敷きになっていて、文字が書かれている。たくさんの人がここを踏んでいったのだろう。ずいぶんとかすれていたが、太太とした墨で『合』と『足』と、読みとれた。その反対側の板にも、やはり二文字がある。こちらは『外』と『礼』。〈足を合わせる場所〉と〈礼を外す場所〉。入り口と出口ってことかしら。

そのはるか先、全校集会が開けそうな広間の真ん中にオモチャのようにぽつんと座卓が置かれている。そこまで二人を案内《あんない》し、女の人は畳に手をついた。

「あらためてごあいさつさせていただきます。日根子《ひのねこ》こまりともうします」

「おじゃまします」

キョウコとならんで、カナもかしこまってあたまをさげた。

「はじめまして。こちらは、とても由緒のあるお家なんですね」

「はい。今からさかのぼりますこと千六百年ほど前、神武天皇《じんむてんのう》の血を引く、タケイオタツノミコトというお方が、ヤマトより信濃につかわされました」

カナのあたまの中で、歴史《れきし》の本がせわしなくめくられた。

「神武天皇《じんむてんのう》って、たしか、初代の天皇ですよね」

「そうです。そのタケイオタツノミコトが山中で迷われたときに、山の神が大猫にすがたを変えて、案内《あんない》をしたという言い伝えがのこっておりまして、その猫神さまの末裔《まつえい》が当家になります」

「猫神さまの子孫？」

「はい。以来、現代にいたるまで、この地の主として、根子谷《ねこだに》を守ってまいりました。わたくしで八十代目になります」

神話の時代から、日本の歴史《れきし》を生きてきた家なのだわ。

「お食事はまだでしょう？　お昼のご膳《ぜん》をお持ちしますね」

「あの、あたしたち、もっと普通の部屋でかまわないんですけど」

早くも正座をくずしながらキョウコが言った。

「大切なお客さまには、直居《ひたい》の中心に座っていただくことになっております。この猫目屋敷《やしき》には五十の蔵と、五十の離れがあります。しかも、何百年にわたり造改築をくり返してきましたから、とても複雑な構造になっていますの。迷子になられては大変なので、この広間にいらしてください。むかし、奥の離れに使いに出た小間使《こまづか》いの子どもが迷子になって、三年間帰ってこなかったというはなしがあるくらいです」

しなやかに立ちあがると、こまりさんはさがっていった。

「一人にしないでね」

巨大迷路のようなお屋敷《やしき》にいるのかと思うと、なんだか不安な気持ちになる。

「キョウコ姉は、すぐどこかに行っちゃうんだから」

「あたしはどこかに行っちゃったことなんかないわ。いつだって、気づくとみんながあたしを置いていなくなっちゃってるのよ」

そういったそばから、キョウコは縁側《えんがわ》にむかって歩きだしている。

「きてごらん。絶景《ぜっけい》よ」

座敷にそってのびる長い縁側《えんがわ》に立つと、景色を一望できた。根子谷《ねこだに》は、きれいなV字のままゆるやかにカーブし、その底を川がたどっている。水流のまばゆい光とは対照的に、中腹から先の山はぼんやりとかすみ、猫目屋敷《やしき》の刈りととのえられた垣根のみどりが、うすむらさきの谷を一直線に切りとっている。そのさっぱりとした庭先にひとつ、たまご形の石があった。

庭石ではないようだ。先生に「そこに立っていなさい」と言われた子みたいに、どこか居心地がわるそうに、石はころがっていた。

「田舎《いなか》料理ですけど」

座敷の果てから声がして、食事が運ばれてきた。信州《しんしゅう》らしい、おそばのお膳《ぜん》だ。そぎ切りにした根菜の天ぷらがそえられている。

「いただきます！」

クロワッサンのように揚げられた天ぷらを噛むと、サクリと衣がはなれて、ほろ苦い味が口いっぱいに広がった。はじめて食べる山菜だ。ごぼうよりも歯ごたえがよく、ミントに似たさわやかな風味がする。

「おもしろい味ですね」

「ねこにんじんと呼ばれる薬用人参《にんじん》です」

「ああ、駅前にのぼりがありました」

「信州《しんしゅう》地方はすでに江戸時代から、人参《にんじん》の栽培がさかんだったのですよ」

「へえ」

「この谷では、たびたび濃い霧が発生しますの。その独特《どくとく》の気候のせいで、この香りを持つ人参《にんじん》が育つのだそうです。明治の初期、日根子《ひのねこ》家はいち早く近代工業をとり入れ、人参《にんじん》製品の開発に着手しました。現在では、地域の主要産業になっております」

ただ古いだけの家ではない、日根子《ひのねこ》家のたくましい一面がのぞいていた。

「まずは、日根子《ひのねこ》三宝のお話からいたしましょう」

食事をおえると、ようやく事情を聞かせてもらえることになった。キョウコはいっぱいになったお腹が重いのか、「ちょっと失礼」と言うと、座布団《ざぶとん》の上にころんと横になっている。

これからが大切なところだっていうのに。

「キョウコ姉、眠っちゃダメだからね」

カナはひやひやしながら、話を聞くことになった。

「当家には、代々伝わる三つの家宝がありました。それらは、封印された箱に入れられ、三つの蔵の中に保管されていました」

「家宝ひとつひとつに蔵ですか」

「はい。その箱と蔵の鍵《かぎ》も、当主のみに伝えられていました」

「厳重《げんじゅう》ですね。それほど大切にされる家宝って、どんなものだったんですか？」

「さあ」

「知らないんですか？」

「見てはならない決まりだったのです。これまでに、お公家さんや戦国大名や、多くの権力者が三宝を所望《しょもう》したそうですが、頑《がん》として守りぬいてきたのです。さきの大戦中に、わたくしの曽祖父《そうそふ》の代になりますが、一度だけこの屋敷《やしき》から出されました」

「避難《ひなん》のために？」

「そうですね。曽祖父《そうそふ》は三人の妹の嫁入り道具の中に宝の箱をしのばせて、運び出しました。それぞれの嫁ぎ先で終戦をむかえたのち、本家にもどされて、ふたたび蔵の中でしずかに時をすごすはずだったのです。箱の中がからだとわかるまでは」

「え？」

「十数年前のことになります。長野一帯に起こった地震で、家宝の蔵のひとつがくずれたのです。箱も一緒に破損してしまいましたから、中の宝が無事なのか、どうしてもたしかめる必要がありました。すると」

「からっぽだった？」

「なにも入っていなかったのです。確認すると、ほかの二つの箱もおなじでした」

「三つとも、なくなっていたんですね」

「まっさきにうたがわれたのが、戦時中に箱をあずかっていた家の方々でした。でも結局、いつ、どうやって消えてしまったのか、まったくわかりませんでした」

「千六百年も歴史《れきし》のある家ですものね」

「あの時は、大変なさわぎとなりました。大召集の号令がかけられて、この直居《ひたい》に日根子《ひのねこ》家の一族全員《ぜんいん》があつめられたのです。めったにない、それは壮観ながめでした。わたくしはまだ学生でしたが、不謹慎ながら、あれほど気持ちが高ぶったことはありません」

ここが数百名の人でうまったら、それは迫力があっただろう。

「その大召集のことを『招《まね》き根子《ねこ》』って言ったりして」

横になったままのキョウコが口をはさんだ。ちゃんと話は聞いていたようだ。

「はい！　よくわかりましたね」

「なんとなく、わかってきたわ。この家の傾向が」

「とにかく、消えた家宝の行方をさがさねばなりませんでした。学者、探偵《たんてい》、霊能者まで、いろいろな方たちにきていただきましたが、どなたも見つけることができず、最後《さいご》にうわさを聞いておたよりしたのが」

「うちのじぃじだったのね」

「おかげさまで、三宝の行方は解明されました」

根子谷《ねこだに》の家宝さがし。じぃじの最後《さいご》の謎解《なぞと》きだった。

「ところが、宝はもうひとつあるらしい、ということになったのです」

「四つめの宝ですか？」

「先ごろ、新しくバイパスを通す工事がはじまり、古い道路がこわされました。そのさい、出てきた石のひとつに、文字が彫られていることがわかったのです。それが」

こまりさんの目が、すっと庭にむいた。

「明治のはじめ、政府が街道整備をしたさいに、当家の石垣から持ち出された石でした」

視線の先には、あのたまごがたの石があった。

「文字の写しです。ごらんください」

畳の上に紙が広げられた。魚拓のように、紙の上から墨をあてて、写したものだろう。文字のところが白く浮きあがっている。カタカナの多いみじかい文は、カナにも読みとることができた。

その中に、例の二文字があった。

人ニ　天ヨリ
クダス　ネコノ一ノ　タカラ
ヤマニ　カナ　アリ
ソウケニ　アトノ三ツ

「ええと、山に『カナ』というものがあって、これが一番の宝である。その次の三つの宝が日根子《ひのねこ》本家にある、と」

「はい」

「大変だったんでしょうね」

ほおづえをついたまま、キョウコが言った。

「なにが？　キョウコ姉」

「明治の街道工事。人の家の石まで持って行っちゃうんだから」

「半分という約束だったそうですが、実際には母屋の一部しか残らなかったと聞いております。今の状態に修復されたのは、戦後になってからです」

「このお屋敷《やしき》の石垣は、そうとう古くからあったんでしょう？」

「もっとも古い記録は鎌倉時代のものです」

「そうすると、鎌倉から明治のあいだに、文字は彫られましたよってことになるのかしらね」

キョウコは、写しの文をじっとながめている。

「それにしても、へんてこな文章ねえ」

「あの、むかしの言葉とか方言に、『カナ』っていうものはありませんか？」

カナの問いに、こまりさんは写しと一緒に持ってきた本をさしだして見せた。古びた表紙には『根子谷自治録《ねこだにじちろく》』と書かれていた。

「この地方の方言やことわざを書きしるしたものですが、ここには見あたりませんでした」

「そうですか」

「『カナ』がなにをさしているのか、いろいろな説が出たのですが」

こまりさんは、ほそい首をつきだした。この大座敷のどこかで、耳をそばだてているだれかに聞かれまいとするような低い声でささやいた。

「この地方は古くから鉄を産しておりますし、鉱産資源のゆたかな場所であったことはまちがいございません。たとえばおとなり山梨の、武田信玄《たけだしんげん》のかくし金山の言い伝えをお聞きになったことがございますか？」

「そうか！」

キョウコがとび起きた。

『カナ』は『金《かな》』ね。黄金ってことだ」

さっきまで眠たげだった目がらんらんと輝いている。

「そうなのです。三宝は見せかけで、じつは根子谷《ねこだに》には膨大な金《きん》がかくされているのではないかという話になったのです」

「で、黄金は」

「ございませんわ。でも、いくら説明しても、信じてもらえなくて。とくに、三婆《ばば》さまは、息まいておいでになって」

「三婆《ばば》さま？」

「戦時中に宝をあずかった、曽祖父《そうそふ》の三人の妹さまです。みなさま九十をこえておりますが、いまだご健在で」

「歴史《れきし》の証人ね」

「命がけで家宝を守ったのに、宗家にだまされたと。黄金のありかがわかるまでは帰らないと言われて、ずっとこちらにおいでなのです」

「なるほどね。で、カナ。あんたの推理は？」

「ちょっと待ってよ」

カナは、気楽そうなキョウコの顔をちらりとにらんでみせた。

「古代の猫神さまから、新バイパスまで話が飛んだのよ。歴史《れきし》の教科書を三分で読んだみたいに、脳が息切れしそう。でも、お話を聞いていると、この家の大きな転換が、明治のはじめごろにあったようですけど」

こっくりとうなずくと、こまりさんは二人を廊下《ろうか》に案内《あんない》した。

「日根子《ひのねこ》家歴代当主の肖像です」

およそ八十人分の顔が、奥までずらりとならんでいる。浮世絵ふうの絵から写真に変わったところで、こまりさんは立ちどまった。

「第七十五代当主の七六《しちろく》です。今の根子谷《ねこだに》のくらしの基盤を作られた方です」

「七十五代なのに七六《しちろく》ね。また、まぎらわしい」

キョウコがつぶやいた。

「人参《にんじん》を工業製品化し、谷の一大産業にしたのが七十五代目です。石垣がなくなった時には、村人が総出でやってきて土をたたき、補強《ほきょう》工事をしてくれたそうです」

「これは、ただ者じゃない顔ね」

モノクロ写真の中の七十五代目はアメ玉のような丸い目をむき、ニターっと歯を見せて笑っている。盛りあがったほっぺたの上に、大きなホクロがふたつ、ならんでいた。

「でも、なんだか、あんたのじぃじに似ているわ、このおじいちゃん」

キョウコはそのまま、七十四、七十三、とさかのぼりはじめた。

そうかしら。わたしが知ってる写真のじぃじとは、ぜんぜんちがうけど。カナは七六翁《しちろくおう》の次に、また江戸ふうの肖像画《しょうぞうが》がかかっているのを見つけて首をかしげた。

「この人は？」

「越谷呉山《こしがやござん》と言いまして、江戸時代の学者です。作家の滝沢馬琴《たきざわばきん》の師匠だったそうです。かなりの変人と伝えられていますけど」

「その学者さんの額がどうして、代々のご当主のあいだに？」

「呉山《ござん》はおなじ信州《しんしゅう》の名族、海野氏の出なのです。七十五代目はこのことをほこりに思い、呉山《ござん》の書物をたいそう愛読していたそうです。七十五代目自身も、谷の歴史《れきし》やくらしを記した本を残していますから、学問の師である呉山《ござん》の肖像をとなりに置きたかったのでしょう」

でも、なんか変なの。カナが見つめていると、こまりさんがこけしのような頭をかしげて言った。

「まあ、ダジャレが言いたかっただけかも知れません」

「ダジャレ？」

「その次は、息子の四三郎です。順番が七六《しちろく》、呉山《ござん》、四三郎となりますから」

七・六・ご・四・三……。

「そんなイタズラっ子みたいなことを、大まじめにやる方だったのですよ」

〈イタズラっ子〉と〈変人〉ね。

廊下《ろうか》の奥へとスキップしてゆくキョウコのうしろすがたを見た。

それに〈自由人〉。

カナはぐんとのびをすると、深呼吸した。がんばらなきゃ。『カナ』の謎《なぞ》を解いて、軽井沢《かるいざわ》に帰るんだから。

あの文を石に残した目的はなにかしら。どうして、その石が石垣に使われていたかしら。カナは直居《ひたい》にもどると、畳の上をゆっくりと歩きだした。このつぎのお座敷も、わざわざつくったのよね。これも、明治時代からだわ。

「お祖父さまも、よくそうやってここで下をじっと見ながら歩いていらっしゃいましたよ」

こまりさんがうしろでほほえんだ。

「そうなんですか？」

やっぱりじぃじと似てるのかな。

ふと見ると、座敷の奥にまた一枚、板敷きがあるようだ。行ってみると、こちらは丸にタテ一文字《いちもんじ》。日根子《ひのねこ》家の猫目の家紋が描かれてあった。

「そこは、おまんさまの席じゃ」

とつぜん、横から声がしてカナはとびあがった。

「きゃ！」

三人のおばあさんが、ふすまの前にちょこんと座っていた。

「まあ、おばあさまがた、ここにいらしたのですね」

こまりさんが、あわててかけつけてきた。

「朝からずっと、ここにおったわ」

おばあさんたちは、ギロリとカナを見あげた。

「おめえさまは、よほどの上客らしいな」

「ふむ、この子はコーヒーのにおいがするぞ」

いっせいにしゃべると、たんぽぽの綿毛がそよぐようだ。

「メメさま、キクさま、ハナさま。さきほどおはなしした三婆《ばば》さままです」

こまりさんが紹介してくれた。

「みなさま、それなりにお年を召されていらっしゃいますが、メメさまは、視力だけはなみはずれて良いお方ですの。キクさまは、耳が良くて、ハナさまは鼻が利くのです。三つ子のように、よく似ていらっしゃいますが、たとえば今、コーヒーのにおいを当てられたのがハナさまです」

「はじめまして」

カナは、なるべくていねいにおじぎをした。

「あの、おばあさまがた、よろしかったら、あちらのテーブルにいらっしゃいませんか？」

「いいや！」

三人のおばあさんが、キリリっと首にすじをたてた。

「直居《ひたい》には、代の古い順に奥から座るのが、ならわしだでな。ここが、わしらの席じゃ」

「それに、この座敷の真ん中なんぞには、たのまれても座らん」

「なぜですか？」

「便所《べんじょ》が遠くて、間にあわんからじゃ！」

こまりさんは、『カナ』の正体がわからないことよりも、この居すわったままのおばあさんたちの方にこまっているのかも知れない。

「あの、おまんさまって？」

カナがたずねた時、キョウコの声がひびいてきた。

「すごいの発見！」

廊下《ろうか》の奥、千六百年のはじまりの肖像画《しょうぞうが》の前に、とびはねんばかりのキョウコがいた。

「これは……」

「おまんさまです。このお方が、日根子《ひのねこ》家の一代目です」

こまりさんが言った。

そのあまりに奇妙《きみょう》なすがたに、カナは言葉を見つけられずにいた。聖徳太子《しょうとくたいし》みたいな服を着て、腰にはこまやかな文様の帯を結び、勾玉の首かざりをかけている。でもその立派《りっぱ》な体の上に乗っているのは、猫の顔だった。顔の半分を占めるほどの大きなみどり色の目が前に立つ者をにらみ、真っ白いヒゲが両側にピンとはねている。

これが、猫神さま。猫であり、人。特別な存在というのは、やっぱり異様なすがたをしているものなのだろうか？

「人魚姫みたいなものね」

となりでキョウコが言った。猫神さまと人魚姫って仲間なの？

「それにしても、ふしぎなものがいっぱいあるお家ですね」

「この先に書庫がありますわ。ごらんになりますか？」

「はい、ぜひ！」

カナとキョウコが同時にうなずいた。


べっこうアメの色にみがかれた廊下《ろうか》は、つきあたりで上と下にわかれた。一方は数段あがったあと、また庭の草木を映しながらつづいてゆき、片方は暗い地下へと降りてゆく。古いタンスに似たにおいが、闇の中からのぼってくる。その奥で、夏みかんのような灯りが、入り口のありかをまあるく照らしていた。ひんやりとつめたい床の上で、カナは思わず、夏のレースの靴下《くつした》をこすりあわせた。

「お気をつけください。書物の保護のために、暗くなっておりますから」

「知ってる？　オバケってさ、古い本のにおいが好きなんだって」

キョウコが背中をつついてきた。

「やめてよ」

ゴロゴロと重い音とともに、ぶあつい木の扉が引きあけられると、棚のあいだから入道雲のような白いかたまりがあらわれた。

「わあっ！」

「でたっ！」

「まあ、課長さん、またいらしたのですか？」

すこしあきれたように、こまりさんが声をかけた。

「いやあ、この部屋は暑《あっ》いですな」

汗をふきながら立っていたのは、大きな体をした男の人だった。ズボンの中に入れた白いＹシャツがクシュクシュっとしぼられて、てるてる坊主のようだった。

「おや、お客さまですか？」

タオルを巻いた首がカナたちの方をむいた。

「当家に恩のある方のご家族さまですわ。石の文字を見にいらしたのです」

「どうも。役場で土木課長をつとめております、久地崎《クチサキ》と言います」

「例の石を発見された方です」

こまりさんに紹介されると、てるてる坊主のお腹がぷうっとふくらんだ。

「はは、歴史《れきし》にはちょっとうるさいものでね。担当がこの僕でなかったら、見のがしていたでしょうなあ。ついでに、あの石文の意味を解読しているところですよ」

「わたしたちも、『一の宝』の正体に興味があるんです」

カナが言った。

「夏休みの自由研究ですか？　女の子は、押し花でも作っているほうがかわいらしいですよ」

「課長さん、古文書《こもんじょ》や古い書物は、郷土史課《きょうどしか》の方にコピーがありますから」

こまりさんが言った。

「いや、僕のカンがですね。郷土の奉仕者《ほうししゃ》としての直感が、どうもここが怪《あや》しいといってきかないのですよ。きっと、黄金についての記述か地図が、かくされているはずです」

この人も、『カナ』を金《きん》だと思っているのね。

「協力していただけませんかね。僕は役場の職員ですよ。公共の福祉のためだけに生きているような人間です」

「はあ」

「もうしばらく調べさせてもらいますよ。さあ、大人の仕事の邪魔《じゃま》をしないでくださいね。お嬢さんの自由研究には、この本で十分でしょう」

本棚にあった本をカナにわたすと、三人は大きなお腹で押しだされるように書庫から出された。

「日根子《ひのねこ》さん、本当になにか知りませんか？」

「存じません」

ちぇっ、と小さな舌打ちをしたクチサキ課長が、本棚のかげでつぶやくのが聞こえた。

「むかしだったら、お上が命令したら、なんでも一発で決まったもんだ。庶民なんか、一言だって逆らえなかったんだけどなあ」

こまりさんが帰ってほしいのは、おばあさんたちだけではないようだ。

「あの人がお屋敷《やしき》で迷子になって、三年くらい帰ってこないってことはないかしらね」

まじめな顔でキョウコが言った。大広間にもどってきたカナたちは、日のあたる縁側《えんがわ》に腰をおろした。

「おもしろい本がいっぱいありそうだったんだけどな」

「蔵書の目録がありますわ。お持ちしましょう」

こまりさんが腰をうかせた。

「あれ、この本」

クチサキ課長がくれた本を見ると、これも『根子谷自治録《ねこだにじちろく》』だった。

「七十五代目が残した本ですわ。全四巻のうち、先ほどお見せしたのは『称の巻』で、こちらは特産物について記録した『物の巻』です」

厚い本をめくると、根子谷《ねこだに》の産物が、ていねいに紹介されていた。

「七六《しちろく》おじいさんは、この土地にとても愛情をそそいでいたのね」

目をあげると、夏の山々がおだやかにうかんでいる。

ヤマニ　カナ　アリ

一体、なんのことだろう。

「わかったぞ！」

お屋敷《やしき》をゆるがして、クチサキ課長が階段をかけあがってきた。

「日根子《ひのねこ》さん、ご当主、この屋敷《やしき》の石垣を調べさせてくれませんか？」

「え？　調べるって」

「ピンときました！　ほかにも文字の彫られた石があるんです。まだ古い石垣が残っていますよね。その石をしらみつぶしに調べれば」

「それはこまります。石垣はちょうど去年、修復工事をすませたところですので」

「そこをなんとか。石文が出たら、費用は役場が負担いたしますから。これは、一大プロジェクトになりますよ。そうだ、テレビにもきてもらおう。長野県《ながのけん》の、いいや、ニッポンの大発見になるぞ」

クチサキ課長は縁側《えんがわ》から庭におりると、腕ぐみをしたり、うなずいたりしながら表の方に歩いて行った。クマのような大きな影が、石垣の前を行ったりきたりしているのが見える。

「あのダンプカーみたいな課長さんが、本当に石垣をぶっこわしはじめる前に、こっちも手がかりをつかみたいわね」

カナはじぃじのメモ帳を広げた。

今、わたしたちが持っているヒントは、この言葉だわ。

〈阿弥陀《あみだ》にたずねよ〉

「こまりさん、こちらの家に仏像はありますか？」

これほどの旧家なら、立派《りっぱ》な仏間がありそうだ。こまりさんの答えは「いいえ」だった。

「この家は、おまんさまをおまつりしていますから。おまんさまは、土地の守り神です。仏さまは、お寺にいらっしゃいます」

こまりさんは、裏山の方を指さした。

「山中に万楠堂《ばんなんどう》という古いお寺があります。そちらへ行かれてはいかがでしょう？　おじいさまが見つけてくださった三宝も、今は万楠堂《ばんなんどう》にあります」

「行こう、キョウコ姉」

「霧が出ないうちに、どうぞ。昔から、根子谷《ねこだに》の濃い霧に巻かれると、息がつまって死ぬと言われておりますから」

やさしくほほえみながら、こまりさんが言った。

「本当に黄金があるって思う？」

山道をのぼりながら、カナはキョウコに聞いてみた。

「いいえ。でも、あるはずだと思っていると、人間って都合のいい情報しか見えなくなるものよ」

「じゃあ、クチサキ課長さんのカンははずれてるってこと？」

「むしろ、課長さんが見なかったところに、なにかがかくれているかもね」

「ふうん。金《きん》じゃないのか」

「でも三つの家宝は金属製だと考えられていたのね。たとえば、銅鏡《どうきょう》とか銅鐸《どうたく》みたいな」

銅鏡《どうきょう》や銅鐸《どうたく》なら、カナも博物館《はくぶつかん》で見たことがあった。古代の祭器で、中には国宝になっているものもある。

「なんで金属だってわかるの？」

「避難《ひなん》させたでしょ。万が一を考えてかくしたのよ。太平洋戦争中には資源が極端に足りなくなって、そこら中の金物があつめられたの。お鍋や、窓わくや、タンスの取手までね」

「そんなものまで？」

「国が決めたら、なんでもアリだったのよ」

「タンスの取手がなくなったら、不便だったでしょうね」

目の前に広がるのどかな風景をながめていると、そんな時代があったことなど想像もできない。

「いい気持ち。このむずかしい自由研究がなかったら、もっと楽しめるのにな」

指先にふれる草の葉は、しっとりと露をふくんでつめたい。ほのかにただよう霧そのものが、ミントの香りを放っているみたいだ。

「東京の街路樹とは、ぜんぜんちがうね」

「にゃ」

へんな返事が聞こえてきて、うしろを歩くキョウコを見ると、その口から、葉っぱの先がのぞいていた。

「なにやってるの？」

「ねこにんじんの風味は濃い霧のせいって、言ってたわね。たしかに独特《どくとく》の香りがするわ」

「キョウコ姉、それ雑草だよ」

「お米も野菜も、もとは雑草じゃない」

「だって、バイ菌がついてるよ」

「バイ菌なんて見えないでしょ。見えないんだから、ないと一緒よ」

キョウコは「うん、イケる」とつぶやいて、別の葉っぱをさがしている。

ものごころついたころから、何度も思ってきたことが、またカナの頭にうかんだ。この人とママは、本当におなじ家で育ってきた姉妹なのだろうか？

その表情を読みとったように、キョウコが言った。

「あんたのママはね、人よりちょっとビビリっ子なの。ビビリっ子っていうのはね、だれよりも注意深くものごとを見ているのよ」

そうなのかなあ。カナが考えていると、近くのやぶがコソっとゆれて、灰色の足が見えた。

「あ、ウサギ！」

「猫！」

「ウサギだったわ」

「カナったら、今のは猫でしょ」

「しっぽが丸かったもの」

「そういう猫だっているわよ」

「わたしの方が、視力がいいんだから」

「じゃあ、たしかめようよ」

やぶの中に入って行こうとするキョウコの腕を、カナはあわててつかんだ。

「ダメだよ、お寺に行かなきゃ」

あぶない、あぶない。キョウコを引っぱってあるくうちに、木立の中に山門があらわれた。かかげられた額には『万楠堂《ばんなんどう》』と書かれていた。

「この建物は、もともと寺の隅にあるお堂のひとつでした」

万楠堂《ばんなんどう》の住職は、カナとキョウコをうながすと、壁《かべ》にかけられた板絵の前に立った。ひび割れた板には、山全体を占領したような寺院の全景が描かれていた。

「江戸時代に大修繕《だいしゅうぜん》がおこなわれた当時のすがたです。この時は、お殿さまより幡《はん》をたまわりました」

住職は、中央のひときわ立派《りっぱ》な建物を指した。

「本堂の両はしではためいている赤い布のようなものが幡《はん》です。装飾の道具ですが、特別に作らせた品物でした」

「きれい。とても大きなお寺だったんですね」

屋根瓦や柱にうっすらと残る色彩を見ていると、きらびやかな伽藍《がらん》の様子がうかんでくるようだった。

「当寺も日根子《ひのねこ》家とおなじように、古くから根子谷《ねこだに》を守ってまいりました。明治《めいじ》維新《いしん》のあと、七十五代七六《しちろく》のころは、それは苦難の時代でした。新しい肩書をもらった連中が、新政府の名のもとに、それまではしなかったようなムチャクチャな要求をしてきました。日根子《ひのねこ》本家は石垣をはぎとられ、この寺は政府にゴマをする連中に本堂を焼かれ、寺宝はことごとくうばわれました。神道と仏教を分けるといった政府の方針など関係ありません。維新《いしん》のどさくさまぎれに略奪《りゃくだつ》していったのです」

「廃仏毀釈《はいぶつきしゃく》ですね。お寺や仏像までこわす必要なんてなかったのに」

キョウコが言った。

「そうです。大切なご本尊さまも、本堂とともに失われてしまいました。そこで七六氏《しちろく》が、家財を投じられて、新しい仏像を造られたのです」

「家財を？　え、まさか」

カナの言葉に住職は大きくうなずいた。

「日根子《ひのねこ》家の家宝は、お二人の前にあります」

正面の厨子《ずし》の中には、小さな青銅の仏像が立っていた。

「家宝を溶かして、この仏像を造ったんですか？」

「『だれも見ない家宝などより、すべての谷の人たちのよりどころになる仏さまの方が大切だ』とおっしゃったそうです」

「すばらしい考え方だわ」

キョウコが手をたたいた。

「わたしもそう思います。大胆で、合理的で。当時の住職であった大徳和尚と七十五代目は、ともにこの谷で生まれ育ち、生涯を通じて、かけがえのない友であったと聞いております」

「そうだったんですか」

カナは、あらためて厨子《ずし》の中を見つめた。高く結った髪、胸元にあげた左手、やわらかな衣文《えもん》が仏像のからだをつつんでいる。これが十四年前に、じぃじがたどりついた家宝の行方。まさか仏さまに生まれ変わっていたなんて。

「あの、『阿弥陀《あみだ》にたずねよ』という言葉に、聞きおぼえはありませんか？」

「そうですね」

住職は厨子《ずし》の中にむかって、しずかに合掌した。

「大徳和尚がつねづね語っていたという言葉です。子どものような無垢なこころで御仏におたずねすれば、答えはかならず見えてくるものだと」

厨子《ずし》の中にちんまりとおさまった仏さまは、かすかに笑っているようだった。

子どものこころか。

万楠堂《ばんなんどう》からもどってくると、カナはまた縁側《えんがわ》に足をかけて庭をながめていた。

キョウコも先ほどから、なにやらじっと考えこんでいる。

なにか、ひっかかるんだけどなあ、住職のお話。

これまで謎《なぞ》はいつも、新しい教科のように、カナの前にあらわれた。それはただ素直《すなお》に見ていれば、自然に結び目があらわれて、ほどくことができた。けれども今回は、一所懸命に頭を回転させて、答えにつながる糸をたぐりよせなければならない。しかも糸は、イタズラな仔猫《こねこ》がいじくりまわしたように、からまり、こんがらがっている。

うーん、なんだろう。

万楠堂《ばんなんどう》の仏像をごらん。それが家宝だよ。〈阿弥陀《あみだ》にたずねよ〉という、じぃじのメモは、そういう意味だったはずだ。

あれ？

〈阿弥陀《あみだ》に――〉

「そうよ！」

カナは立ちあがった。

「万楠堂《ばんなんどう》の仏さまは、阿弥陀《あみだ》さまじゃなくて観音《かんのん》さまだったわ！」

仏像のことではなかったのかも知れない。だとすれば、あのメモはまったく別のことをさしているんだわ。

阿弥陀《あみだ》。あみだに、たずねよ。なにを？　ゆっくりと直居《ひたい》の中を歩きだした足が止まった。

あった……！

カナは、縁側《えんがわ》のキョウコをふりかえってさけんだ。

「あった！　キョウコ姉！」

その声に、こまりさんやクチサキ課長も顔を出した。

「このお座敷、あみだくじになってる！」

大小の畳で作られたジグザグの模様。広間全体が、巨大なあみだくじになっていた。

「まあ、本当ですわ。住んでいるのに気づきませんでした」

「スケールが大きすぎるもの。カナ、お手柄よ」

「スタートは、たぶんあそこです」

カナは広間の奥へと歩いてゆき、猫目のある板敷き、おまんさまの席の前に立った。

「今からくじをたどってみますね」

となりのおばあさんたちに声をかけると、

「どれ、わしらも見とどけるとするか」

三婆《ばば》さまは、ひょいと膝《ひざ》をのばした。

「はじめますよ」

カナを先頭に、キョウコ、三人のおばあさんがつづき、そのうしろにこまりさんがつき、一番さいごにクチサキ課長がくっついてきた。

タテ、ヨコ、タテ、ヨコ、タテ、ヨコ……。

「ずいぶん、歩かせますねえ」

早くもクチサキ課長が遅れだした。ただでさえ広大な座敷を右へ左へと、さんざんふりまわし、あみだくじは最後《さいご》に、入り口の板敷きに着いて止まった。

「『あたり』です」

こまりさんが言った。

「うん、『あたり』じゃな」

三婆《ばば》さまも、うなずいている。

「この板敷きの呼び名ですわ。このように書いて、『合足《あたり》』と読みます。座敷の正面から入る時には、ここを踏んでいきますから」

「じゃあ、こっちの『外』に『礼』は」

「『外礼《はずれ》』です」

「そのおちょくった呼び名をつけたのも」

キヨウコが聞いた。

「もちろん、七十五代目です」

「くじを引かなくても、はじめから、ここが当たりだったわけだ」

汗をぬぐいながら、課長さんが言った。

「バールがいりますわね」

こまりさんが工具を手にしてもどってきた。畳と板のあいだに鉄の爪をさしこむと、クチサキ課長は、そのわずかなすきまに指をかけた。

「よいしょ、こりゃあ、大仕事だぞ」

かたい一枚板が持ちあがって、すこしずつ床下に光が入ってゆく。

「ご婦人がた、あぶないですからね、ちょっとどいていてくださいよ」

やあっ、いうかけ声とともに、板敷きはあがりかまちの上にひっくり返された。

ぽっかりあいた穴を、七人の首がいっせいにのぞき込んだ。

「なにか、ありますわね」

「つづらのようじゃの」

「お宝が入っているんです」

クチサキ課長が床下に体をつっこむと、中のものに手をかけた。

「ずっしりと重いですね。おや、もうひとつありますよ」

畳の上につづらが置かれ、つづいてやや小ぶりのつづらが引きあげられた。どちらも表に漆《うるし》が塗られて黒く光っている。

「大きなつづらと、小さなつづら。どこかで聞いたお話ね」

キョウコは楽しくてたまらないという顔をしている。

「では、大きなつづらの方から開けましょうか。黄金色《こがねいろ》が出てきますよ」

「オバケかも知れないわよ」

ご対面！　とさけんで、課長さんはつづらのフタをパッととった。中からあらわれたのは、鉄製の鋲《びょう》をびっしりと打たれた頑丈《がんじょう》そうな箱だった。

「おお、千両箱だ」

どうです、みなさんといった顔を見せると、クチサキ課長は箱にかけようとした手を止めた。

「ご当主さん、どうぞ、開けてください。クチサキはこの場に立ち会えるだけで光栄ですから」

もったいぶった様子で、こまりさんの方をむきなおった。

「そうですか。あら、また箱ですわ」

ほっそりした指が桐の文箱をとりだした。

「ほかには？」

「これだけですわ」

文箱からは折りたたんだ紙が出てきた。

「きっと宝の地図です」

広げてゆくと、美しい円があらわれた。二つ、三つ。黒く縁どられた丸の中に、からくさ模様がうきでている。

「なんだこりゃ？」

「青銅鏡《せいどうきょう》だわ。そうでしょ？」

うなずいたキョウコが、こまりさんに視線を送った。

「そうですわ、日根子《ひのねこ》三宝。その写しにまちがいありません」

「これが万楠堂《ばんなんどう》にくれてやったという家宝かい」

おばあさんたちも、紙に顔をくっつけるようにして交互にながめている。

「まあ、紙っぺら一枚で出てきたわい」

「これじゃ、ありがたみがわからん」

「海獣葡萄鏡《かいじゅうぶどうきょう》と呼ばれている鏡《かがみ》です。中国の唐《とう》の時代にさかんに造られていたもので、日本の古墳からもいくつも出土していますよ」

キョウコが説明した。

「きれいな模様ね」

音符のようにリズミカルに流れる雲、ブドウのつるが波うってつづく模様は、ばぁばの家のカーテンに似ていた。その葉っぱのかげには走るネコの絵が、いや、ウサギかな？　丸い頭の上にまっすぐ立った耳、手足も丸く、しっぽは見えない。ハムスター？　カピパラ？

「キョウコ姉、へんな動物がいるよ」

「空想の生き物が描かれてるのよ」

「ウソだあ！」

うしろから、悲鳴《ひめい》ともためいきともつかない声が聞こえた。古びた紙をにぎりしめたクチサキ課長がぼうぜんとしている。いつのまにか、一人で小さい方のつづらを開けていたらしい。からになった文箱がひざもとにころがっていた。

「またこれかよ」

はらりと紙が落ちた。

人ニ　天ヨリ
クダス　ネコノ一ノ　タカラ
ヤマニ　カナ　アリ
ソウケニ　アトノ三ツ

「石文の写しだわ。発見されたものとおなじものね」

ただ、そのあとにもう一行、毛筆でつけ足されていた。

クニニ　石五千献上ス　七六《しちろく》

それを手にとると、キョウコは陽にかざした。

「三宝の写しとおなじ紙ね。墨の色合いも近いし、二枚の写しは同時期に作られたと考えていいでしょうね」

「このにおいは、ウイキョウじゃな」

ハナさまが言った。どうやら、紙に香りがしみついているらしい。

「おめえさまがたからも、おなじにおいがするわい」

カナとキョウコを指さした。

「ウイキョウ?」

「スパイスやお香の原料よ。あたしたちからにおうのなら、さっき万楠堂《ばんなんどう》でついたお香の香りだと思うわ。ということは、写しが作られた場所は万楠堂《ばんなんどう》ね。ついでに石文を彫ったのも七十五代目よ。大徳和尚も一緒にね」

「そうとも限らないんじゃないの?」

カナが反論した。

「石文はもっと古いもので、工事にさしだす時に写しをとって、一行をくわえたって可能性もあるでしょ」

「ないわ」

キョウコは、きっぱりと答えた。

「どうして、そう言いきれるの？」

「トリッキーだもん、このじいさん」

もう、真剣《しんけん》に聞くんじゃなかったわ。キョウコ姉ったら、自信《じしん》まんまんな顔して、なんていいかげんな根拠なの。

カナは畳の上に足を投げだした。なんだか、急に力がぬけたような気がした。

「ふりだしにもどっちゃったみたい。結局、『カナ』の正体はわからないままだわ」

「この鏡《かがみ》の写しが見つかっただけでも、大発見ですわ」

なぐさめるように、こまりさんが口を開いた。

「歴史《れきし》資料としても貴重《きちょう》よ。専門機関に調べてもらったら、もっとくわしいことがわかるはず。うん？」

キョウコの目つきが変わった。

「これ……」

こびとや雪男や、数々の怪《あや》しいものを見てきたキョウコ姉が、信じられないという顔で、鏡《かがみ》の模様を見つめている。「まさかね」と、つぶやいて、二度三度、首をふった。

「これを溶かしちゃったの？　七六《しちろく》じいさんって、やっぱり変わり者だわ」

「そんなにすごい鏡《かがみ》なの？」

「ほらね！」

クチサキ課長が膝《ひざ》をうった。

「つまり、鏡《かがみ》なんかよりも、もっとすごいお宝があるということなんですよ。僕は第二の石文説をとりますよ」

課長さんは庭に降りると、気持ちをふるいたたせるようにブルルっとお腹をふるわせ、また石垣の方に消えていった。

キョウコは座敷に座りこんだまま、青銅鏡《せいどうきょう》の写しをじっと見つめている。三婆《ばば》さまは、やれやれというようにもとの席にもどりはじめた。

「まったく、人をくったじいさまだわい」

「そういえば、おばあさまたちは、七十五代目の孫にあたるのですよね」

「七六《しちろく》じいさまかい。まあ、変なじいさまだった」

「くだらねえダジャレばっかり、言っておって」

「だいだい、廊下《ろうか》の写真も、あんな顔じゃあ、なかった」

「え？」

「かおっぺたに、あんなホクロなんぞない」

「じゃ、あれは」

「墨じゃ。子どもみてえにふざけて、じぶんでチョンチョンとつけとったわ」

ふざけて墨をつけた？

カナはもう一度、廊下《ろうか》に行って写真の中の七十五代目とむき合った。

――うほほほほ。

ゆかいそうな笑い声が聞こえた気がした。七十五代目が、ますます目をぐりぐりさせて、笑っているように見える。

——おもしろいなあ。もう降参かい？　ほれほれ、もっと考えてみい。

くだらないダジャレ。

ふざけた、子どものようなこと。

同級生のカズマの顔がうかんできた。カズマもお習字の時間に、ふざけて自分の顔にちょびヒゲを描いていたっけ。となりのクラスの玉井さんの名前にテンを足して玉丼《たまどん》さんと読んでいた、食いしん坊のカズマ。

この笑い顔もカズマみたいだわ。ほっぺに墨なんかつけて。

七六《しちろく》にチョンチョン——。

しちろく。

じちろく。じちろく！

「これだわ！」

カナはテーブルの上に置いてある本を手にとった。

『根子谷自治録《ねこだにじちろく》』！

「ありがとう」

「おやすい御用ですよ」

タクシーの運転手さんは、帽子のつばに手をあてて軽くあいさつすると、坂道をくだっていった。

運転手さんから受けとった本をめくったカナは、にっこりと笑みをうかべた。

「発見！」

じぃじ、アフターサービス完了よ。

「『カナ』の正体がわかったんですか？」

一同が直居《ひたい》のテーブルにあつまってきた。

「はい」

カナの前には、四冊の本が積まれていた。七十五代目による『根子谷自治録《ねこだにじちろく》』

全四巻だ。

「まさか、その本ですか。僕はすみからすみまで読んだけど、『カナ』や『一の宝』についての記述なんて、どこにも書いてないですよ」

早くも、がっかりした様子でクチサキ課長が言った。

「はい、本の中にはありませんでした。ヒントは表にあったんです」

カナは四冊の本の背表紙をつなげて見せた。

「一巻が特産物についての『物の巻』、二巻は民俗的な考察からなる『類の巻』、三巻が方言やことわざについてまとめた『称の巻』、四巻が自治についての『呼の巻』。この四文字をつなげると、別の本の名前になるんです」

一冊の本を置いた。

『物類称呼《ぶつるいしょうこ》』。越谷呉山《こしがやござん》の書物です」

「それ、どこの棚に？」

「書庫にはありません。課長さんの職場から拝借してきました」

「ええ？」

「役場の二階にある郷土資料室に保管してあったものです。日根子《ひのねこ》家の蔵書目録を見たら、寄贈した古書の中に、この本がありました」

「呉山《ござん》の肖像画《しょうぞうが》は大ヒントだったのですね」

こまりさんが関心したようにうなずいた。

「この本は、江戸時代の方言辞典のようなものでした。巻の二、動物の項に『かな』が出てきます」

カナはしおりをはさんであるページを開いた。

『かなといふ事は　むかしむさしの国金沢《かなざわ》の文庫に　唐《とう》より書籍をとりよせて納しに　船中のねずみふせぎに猫を乗せて来る　その猫を金沢《かなざわ》の唐猫《からねこ》と称す　金《かな》沢《ざわ》を略してかなとぞいいならはしける』。課長さん、わかりますよね」

「え、ええ、もちろんです。金沢《かなざわ》文庫に猫がいて……」

『金沢《かなざわ》の唐猫《からねこ》』を略して、『かな』ね。かんじんな『猫』まですっとばしちゃうなんて、せっかちな江戸っ子らしいわ」

キョウコが言った。

「江戸時代の関東あたりでは、そう呼ぶことがあったみたいですね。『かな』の正体は猫。〈ヤマニ　カナ　アリ〉とは、山にいる猫、つまり、おまんさまのことだったんです」

「おまんさまは、たしかに山の宝ですわ」

「猫ですかあ」

クチサキ課長は、しょんぼりとお腹の肉をたれた。

「書庫にヒントがあるっていう、課長さんのカンは当たっていたってことですね」

「はあ、はは、そうですね。この根子谷《ねこだに》としては、あたりまえの答えでしょう。僕も、そう確認できて一安心しました」

キクさまが、その顔をじろりと見て言った。

「おめえ、さっき石垣の下で役場へ電話をしておったな。『埋蔵金はかならずある。かまわないから、じゃんじゃん予算をとれ！』とか」

「え、聞いてらしたんですか？」

「ああ、よく聞こえたぞ。『とにかくすぐに重機をまわせ、心配いらん、このオレにまかせておけ！』とか、言っていたな」

「いやいや、それは」

おでこから大量の汗が吹きだした時、石垣の下の方からシャベルカーの音が近づいてきた。

「わわわ、失礼します！」

クチサキ課長は、ころがるように縁側《えんがわ》からおりると、いちもくさんに出ていった。

「悪い方ではないのですけど」

玄関《げんかん》先まで見送ったこまりさんが、ほっとした表情でもどってきた。

「さて、おらたちも荷物をまとめるとするか。こまり、むかえをよこすように連絡してくれ」

メメさまが立ちあがった。

「まあ、お帰りになるのは、明日になさってはいかがですか？」

「いいや。おらたちも半分、意地でおったようなもんじゃ。こんな、だだっ広い屋敷《やしき》よりも、台所や便所《べんじょ》にすぐ行ける今の家の方が、年寄りにはよっぽど楽だわい」

「おばあさまたち、お元気で」

カナが声をかけた。

「おめえさまがたも、ごくろうじゃった」

「しかし、なんぞ、楽しかったな」

「ひさしぶりに、七六《しちろく》じいさまに遊んでもらった気分だわい」

ひゃいひゃい笑いながら、三人のおばあさんは出ていった。直居《ひたい》は、ますます広くなったように思えた。

「しずかになったね」

「まだ、おわっちゃいないわ」

キョウコが言った。

「あのじいさんたち、とんでもないものをかくしていたのよ」

ギラリと目を光らせると、キョウコ姉は立ちあがった。サリーの端がマントのようにひるがえった。

「カナ、行くよ」

「どこへ？」

「もう一度、万楠堂《ばんなんどう》へ」

「みなさまを混乱させるつもりなど、なかったのですよ」

万楠堂《ばんなんどう》の住職は半目を閉じたまま、おだやかに答えた。

「明治政府への、ささやかな抵抗だったのです。七十五代目と大徳和尚は、ただ、傲慢《ごうまん》で身勝手な行政というものに一泡ふかせたかったのだと思います」

「でしょうね」

キョウコは床の上に、七六翁《しちろくおう》の一文が書きくわえられた写しを広げた。

「『クソ役人』。一番上の文字を左から読むと、そう書いてあります。よっぽど腹が立ったんでしょうね」

人ニ　天ヨリ
クダス　ネコノ一ノ　タカラ
ヤマニ　カナ　アリ
ソウケニ　アトノ三ツ
クニニ　石五千献上ス　七六《しちろく》

「本当だ。クチサキ課長さんが知ったら、ショック受けたでしょうね」

「あの人には、もう充分でしょ」

キョウコは話をつづけた。

「お宝は掘っている人を選んで出てくる。遺跡《いせき》発掘の取材をしていると、しばしば、そう思えることが起こります。はじめから、いずれ石文が見つかって、ひと騒動《そうどう》起こることを計算していたんでしょうね。けれど、役人をコケにするためだけに、わざわざ、あんな文を彫ったのではない。そうでしょう？」

「ほう」

「石文にふりまわされて、役場は大変な予算を無駄にするところでした。これでもう、根子谷《ねこだに》の本当の宝をさがそうなんてことは、しなくなるはずです」

「本当の宝？」

「おまんさまのことよ」

カナの頭に、あの猫人間のすがたがうかんだ。

「猫目屋敷《やしき》にあった？」

「あれはカモフラージュよ。本物のおまんさまは、まったく別のすがたをしているの」

キョウコは一緒に持ってきた紙を広げて見せた。ごわごわした灰色の紙に動物の絵が描かれている。

「チベットの古い暦です。子・牛・寅・卯・辰・巳・午・未・申・酉・戌・亥。十二支のうち一匹だけ、日本のものとちがっています。ウサギではなく、猫」

「日根子《ひのねこ》家の青銅鏡《せいどうきょう》で見た動物と似てるわ」

「そう。チベットの、ある地域の古い伝承の中にだけ登場する猫よ」

「この猫が、おまんさまなの？」

「そうよ。そしておまんさまは、ちゃんといるのよ。窒息《ちっそく》するような濃い霧の中にかくれてね。今でも、守り神なんでしょう？」

キヨウコは、住職をまっすぐに見すえた。

「はっはっはっはっ！」

とつぜん住職が笑いだした。うれしそうに、目をほそめてうなずいている。

「さすがは、あの方の娘さんだ。よく、わかりましたね」

キヨウコは、ちっともうれしそうな様子も見せずにつづけた。

「三日前までチベットにいたのよ。今ごろ気づくなんて、大マヌケだわ。まさか、こんなところでつながるなんて」

ふしぎな猫を指さした。

「これ、マンクスですね」

「マンクス？」

「別名『ウサギねこ』。体の前半分が猫で、うしろがウサギなの」

「へえ！　それこそ人魚姫みたい」

「実際にはね、しっぽが極端にみじかくて、バランスをとるために、うしろ足がウサギみたいに発達した特殊な猫よ。マンクス猫がイギリスで発見されたのは、千六百年代。でも、それよりはるかむかしの二千年前に、地中海の商人たちが日本まできてマンクスを手に入れていたという伝説があるの。まさか、いまだに信州《しんしゅう》の山奥に生息しているなんて、だれも思わないでしょうけど」

「あくまでも当地では、おまんさまです」

住職は言った。

「信じられませんか？」

「信じます。わたしたち、お会いしちゃいましたから」

キョウコは、カナに目くばせをした。

「あ、さっき森で見た動物ね！」

「ひとつ、うかがいたい。あなたはライターをなさっているそうですが、おまんさまのことは、そっとしておいていただけますかな。めずらしもの見たさに山を荒らすような連中に押し寄せてこられては、おまんさまもかなわんでしょうから」

「百年もかけてしかけたイタズラですもの。もう充分、楽しめました」

住職は仏さまのような笑みをうかべた。

「そうですか。おまんさまを見た者は、求める地にたどり着けるといいますよ」

お堂を出たところで、キョウコ姉は立ち止まった。

「まったく、おちょくってるわ」

『万楠堂《ばんなんどう》』と書かれた門を見あげた。

「はじめから、ここに答えが書いてあったってことね」

カナも額の文字をあらためて読んでみた。

「ほんとうだ」

『万楠』は読みかたを変えると、『まんくす』だった。

ガサっと草むらがゆれた。

「今のなに？」

「キョウコ姉！」

走りだしたキョウコの背中は、あっというまに見えなくなった。いつのまにか、荒波のような速さで霧がただよいはじめていた。

「ねえ、行かないで！　あぶないよ」

カナは、すがたの消えた方向にむかって呼びつづけた。

「キョウコ姉ったら！」

やぶに足をとられて、カナは止まった。気がつくと、山道からはずれてしまっている。ほんの数歩、森の中に入ったつもりだったのに、もとの道が見えない。

霧は、カナの足もとすらかくしはじめていた。

どうしよう。こんなところで、一人ぼっちになっちゃった。

「なに、ビビってるのよ」

キョウコの顔がぬっとあらわれた。

「すごい霧ねえ。よくミルク色の霧っていうけど、まるで練乳の中に落ちたみたいね」

「キョウコ姉、道がわからなくなっちゃったよ」

「そうね。こういう時は、うごかないことよ」

「うごかないって、いつまで？」

「晴れるまでよ」

「だって、濃い霧に巻かれたら」

「だいじょうぶ、霧で息がつまったりしないわ」

「キョウコさま、カナさま、こちらですよ」

声がして、むこうから白い光がビームのようにさしてきた。特大の懐中電灯を持ったこまりさんが立っていた。

「帰りがけに、メメさまが知らせてくれたのです。霧の中で、お二人が迷っているようだからと」

「メメおばあさまが」

「さすがはメメさまですわ。その赤いサリーが見えたのですね」

こまりさんは、熱いお茶をテーブルに置くと、

「感謝のしるしです」

そう言って、小さなお盆をさしだした。金色の輪がふたつ、光っていた。きみどりやブルーがひらめく、つめたい輝き。同級生たちが買うキラキラアクセリーとは別次元のものであるということは、カナにもわかった。

「当家に伝わる品物です。どうぞ、お納めください」

「こまりさん、黄金なんてないって……」

「まったくないとは申しておりません」

こまりさんは、いたずらなほほえみをうかべた。

「そうそう、わたくし、『招き根子《まねねこ》』をおこなうことにしましたの。一族のみなさまに石文の意味を報告し、三宝の写しをお披露目《ひろめ》しなくては。これから準備が大変ですわ。なんだかウキウキしてきました」

そう言うと、こまりさんは足袋の音をシャカシャカ鳴らして直居《ひたい》を出ていった。

「こまりさん、楽しそうだね」

「こっちも、こうしちゃいられないわ。あたしたち、求める地へたどり着けるらしいから」

「求める地って、どこ？」

「それをさがすんじゃないの」

山賊《さんぞく》の親方みたいな笑みをうかべて、キョウコはするりとサリーを脱いだ。ドレスはたちまち、一枚の長い布になってしまった。

「これ、もらうわよ。この谷から出しちゃわるいわ」

こまりさんの置いていった金の輪を手にとった。

「金釧《かなくしろ》ってやつよ。古代のブレスレットみたいなものね」

「いいけど、それ、どうするの？」

「ヒミツ。明日になればわかるわ」

そう言うと、リュックの中からガチャガチャと道具を取りだしはじめた。

「カナ、つかれたでしょ。先にお風呂に入っておいで」

お布団にもぐりこむと、けだるさがじんわりと体をはいあがってきた。くたくたにつかれているのに、頭の中はまだ、坂道をくだる自転車の車輪のように回りっぱなしだ。

カナは頭を起こすともう一度、じぃじのメモを開いてみた。

「ねえ、キョウコ姉、この『カナ』は、どっちのことだったんだろう？」

「さあね。謎《なぞ》は、ちょっとは残しておいてもいいんじゃない？　あとの楽しみのためにね」

「よくないよ！」

思わずカナはさけんだ。

「ちっともよくない！」

カナにしてはめずらしい大声に、キョウコはおどろいてハサミを持つ手を止めた。

「七十五代目も、じぃじも、どうしてややこしいことするの？」

この一日のあいだに感じた不安や緊張《きんちょう》が、いっぺんにわきあがってきた。

「わたしはカナじゃいけないの？」

自分でも、こんなことを言う自分におどろいていた。涙がこみあげてきて、カナは枕につっ伏した。

「ごめんなさい。じぃじを責めているんじゃないの」

「カナ」

キョウコはカナの肩にそっと手を置いた。

「あんたのママはね、じぃじのことが大好きだったのよ。いつも、謎《なぞ》を解きおわって家に帰ってくるのを、だれよりも待っていたのよ」

じぃじから赤ちゃんの名前をプレゼントしてもらったと思っているママ。お葬式と出産をいっぺんにしなきゃならなかったママ。

ママに、会いたい。

「キョウコ姉」

「なあに？」

「このこと、ママには内緒ね」

「わかってるわよ」

「絶対に、絶対よ」

「はいはい」

だいじょうぶよ、ママ。わたしはママのカナだから。

カナは目を閉じた。今ごろは練乳色の霧が、うんと厚いかけ布団になって、根《ね》子谷《こだに》をくるんでいるのだろう。となりの布団で、キョウコがゴソゴソしている音が、しんとした直居《ひたい》の高い天井にすい込まれていった。


朝、目が覚めるとキョウコのすがたはなくなっていた。

「お仕事のつづきがあるとのことで、朝早くに発たれました」

油断したわ。キョウコ姉ったら、やっぱり、どこかへ行っちゃった。ますますガランとした大広間でカナが朝ごはんをいただいていると、「キョウコさまから、おあずかりしました」と言って、こまりさんが封筒をわたしてくれた。中には、キョウコからの手紙と写真が入っていた。

〈ウィーンの古いカフェで見つけたの。じぃじの落書きよ。ドイツ語だけど、がんばって解読してね〉

写真には、文字でうめつくされた白い壁《かべ》が写っていた。日付けを見ると、ちょうどカナのパパとママが結婚したころのものだ。

「キョウコ姉ったら。どうせなら、日本語に訳したのを見せてよ」

カナがぶつぶつ言っていると、庭先から昨日のタクシーの運転手さんが顔を出した。

「おしたくができましたら、わたしが軽井沢《かるいざわ》までお送りいたしますよ」

猫目屋敷《やしき》を出たところで、タクシーはスピードをゆるめた。

「ごらんください。今朝の万楠堂《ばんなんどう》は、なんとはなやかでしょう。まるで、江戸の大修理《しゅうり》のころにもどったようですよ」

カナが窓から身をのりだすようにして見あげると、真新しい幡《はん》が、お堂の両はしに掲げられていた。あざやかな氷イチゴ色の布が、ミルク色の霧を裂いてひるがえっていた。

「今朝がた、あの元気な卑弥呼《ひみこ》さまが置いていかれたそうです」

ゆうべは、あれを作っていたのね。もらった金釧《かなくしろ》とサリーで。やるじゃない、キョウコ姉。

カナは眉をひらき、笑顔でつぶやいた。

さよなら、根子谷《ねこだに》。

ニレのおじさんの家の前に、見おぼえのある色の車がとまっているのに気づいて、カナはタクシーから飛びだした。

ママの車だ！

「ママ！」

庭先に出ていたママがこちらをむいた。なんだか、ずいぶん長いあいだ会っていないような気がする。カナは抱きついた。

「ママ、カナよ！」

ほらね、なんにも変らないよ。

「やっぱり変だわ」

ママは、カナの体をはなすと、さぐるような目つきでじいっと顔を見ている。

「キョウコ姉さんといたのよね」

「え？」

「姉さんが、急に長野に行ったって聞いて、イヤな予感がしてきてみたのよ。一緒だったんでしょ」

「う、ん」

ママは、ますますこわい顔をして見つめてくる。

「あなたたち、昨日一日、いったいどこでなにをしていたの？」

「ええ、とね……ママ」

「正直に言いなさい、カナ」

「……あの」

カナの声は、はずかしさに消えいりそうだった。

「こびとを、さがしてたの」


それから三日のあいだ、ママはおじさんの家で寝込《ねこ》んでいた。カナは枕もとに呼ばれるたびに、「ほんとうにこびとを見たの？　ちがうわよね」と問いただされ、「もう、謎《なぞ》と超常現象《ちょうじょうげんしょう》には近づかないでちょうだいね」と言って泣きつかれた。東京にもどって外出をゆるされたカナが、図書館《としょかん》でドイツ語の辞書をひくことができたのは、さらに一週間も先のことだった。

音楽の都、ウィーンのカフェに残されていたじぃじの落書きは、こう書かれていた。

SchÖne Musik!　Wenn ein Mädchen ist,ist der Name KANA.

美しき奏《かな》でよ！　女の子が生まれたら、名前はカナだ。

冬のできごと

―妖精《ようせい》の靴《くつ》―

作曲家《さっきょくか》ヘンデルはドイツに生まれたが、イギリスに移住《いじゅう》し、ロンドンで暮《く》らしていた。おなじ時代を生きていたバッハとおなじく失明《しつめい》し、おなじ眼科医《がんかい》の手《しゅ》術《じゅつ》を受けておなじく失敗《しっぱい》し、翌年《よくねん》に亡くなった――。

伝記《でんき》を読んだ小学生たちは、すばらしい楽曲《がっきょく》の数々よりも、そのおそろしい運《うん》命《めい》の方にとびついたのだろう。

「今日はヘンデル・ハウスに行ってきます」

と言ったあと、カナはちょっとはずかしそうにつけくわえた。

「わたしのいた小学校に、〈切《き》り裂《さ》きバッハ〉とか、〈切《き》り裂《さ》きヘンデル〉っていう怪談《かいだん》があったんです」

「ほお！」

ティーカップを置きながら、フィオナさんは楽しそうな声をあげた。

「子どもの心って、いつも怖いものを見つけるのね」

「6年生の時に、それで大さわぎになったことがありました」

「だれか、見た人がいるのかしら?」

「いいえ」

「そうね、見えないものだからこそ、おもしろいのよ」

そう言って、フィオナさんが指さした先で、カップの中のお砂糖《さとう》の角がほろりとくだけた。

「『妖精《ようせい》の一蹴り《ひとけ》』というのよ」

フィオナさんは、トマトみたいな頬をもりあげて、じまんげに教えてくれた。

「ことわざですか?」

「そうなのかしらね。お茶をいただく時に、おばあさまがよく言ってたの。お砂《さ》糖《とう》のことだけではなくて、〈ものごとはいつも、妖精《ようせい》のかかとがぶつかったように、ちょっとのあと押しで動きだす〉ということみたいよ」

さすがは妖精《ようせい》の国、イギリスだ。

「わたし、すこし変わり者の伯母《おば》がいるんですけど、子どもの時、森でこびとを見たって言っていました」

「あら、こびとなら、わたしも見たわ。小さい頃、おばあさまの家の庭でね」

「へえ、ステキ!」

不思議《ふしぎ》だわ。この国になら、本当に妖精《ようせい》やこびとがいるのかも知れないと、素《す》直《なお》に感じられる。

「スコーンを、もっとめしあがれ」

フィオナさんにすすめられて、カナは二つめのスコーンに手をのばした。イギリスの朝食といえば薄焼《うすや》きトーストだったが、カナはスコーンがお気に入りだった。軽くフォークを刺して二つに割ると、ポクポクとした生地にジャムをたっぷりぬった。

ジョンさんの家のスコーンみたい。

軽井沢《かるいざわ》にあるおじさんの家に遊びにいって、はじめて猫足ピアノを弾いた小学6年生の夏。ばぁばがなくした魔法《まほう》の指輪《ゆびわ》をさがしに出かけてエノキの穴に落っこちたカナを、引きあげてくれたのが、となりに住むジョンさんだった。

「ピアノを弾きにきてね」というジョンさんの言葉通り、カナは、それからは毎年、夏休みを軽井沢《かるいざわ》ですごした。そして、カナをとりこにしてしまったのが、奥さんのノリコさんの作ってくれるスコーンと、ジョンさんの仕事だった。ジョンさんは、リペア職人（管楽器《かんがっき》の修理人《しゅうりにん》）であり、ピアノの調律師《ちょうりつし》でもあった。

はじめてカナが会った時には、もうおじいさんで仕事場も閉めていたが、腕のよかったジョンさんをたよって、楽器《がっき》の修理《しゅうり》をお願いする人は絶えなかった。

長い時間、大切に使われてきた楽器《がっき》たちを、ジョンさんは尊敬《そんけい》を持ってあつかった。軽井沢《かるいざわ》には、そんな貴族《きぞく》みたいな楽器《がっき》がいくつも残っていた。

あの夏から十年。音大生になったカナは、大学を休学してイギリスへやってきた。

十九世紀のロンドンは、ウィーンとならぶピアノ製造《せいぞう》の中心地だった。カナは熱心《ねっしん》に、古くからのピアノ工場や、アンティーク楽器《がっき》の修理工房《しゅうりこうぼう》に通っていた。職人や音楽家たちとおなじ場所に身体《からだ》を置き、そうして、時をこえてひびいてくる音を聴《き》きとってみたかったのだ。その音は、発展《はってん》する文化の靴音《くつおと》であったり、人びとの心臓《しんぞう》の高鳴りであったり、消え去ったものの残した余韻《よいん》であったりした。

ジョンさんの紹介で、ロンドン郊外にあるミセス・フィオナの家に、カナは部屋をひとつ貸してもらっていた。

「今日も空が暗いなあ」

窓ガラスの外を見ながら、カナは昨日とどいたばかりのコートをはおった。

「いつ昼間になるのかと思っているうちに、また夜になっちゃうんだもの」

ぶあつい毛織《けお》りのコートは、変わり者の伯母《おば》、キョウコ姉がチベットで着ていた物だ。ポケットに手をつっこむと、やぶいたメモ帳のページが入っていた。

〈カナへ。ロンドンは怪《あや》しい街よ。だって、じぃじはね……〉

キョウコ姉は、あいかわらず知らない道をもとめて、地球のポケットの底みたいな場所を放浪《ほうろう》している。そうして、ときどきハガキや、へんてこりんな民芸品《みんげいひん》を送ってくるのだ。カナは紙きれをもとの場所にもどすと、ばぁばの手編《てあ》みのマフラーをぐるぐると巻いた。

〈エノキダケ〉とよばれた少女のころと変わらず、白い肌とひょろりとした細身の身体《からだ》は、いくら着込んでも寒々しく見えるようだ。

「あなた、スリムすぎるわ。綿棒《めんぼう》みたいね。日本の女の子はみんなそうなの？」

フィオナさんがまるい肩をすくませてみせた。

カナがロンドンにきたのは、十月のおわりだった。野球のグローブほどもあるカエデの葉が黄色に染まり、この街に多く残っているレンガの壁《かべ》をいろどっていた。やがて、つめたい雨がその葉っぱをバサバサとうち落としてしまうと、あっという間に冬になった。

東京とは、まるでちがうこごえ方だわ。カナは、眉をひそめながらバスに乗りこんだ。

しばらくすると、大きな橋が見えてきた。その下を、鉛色をしたテムズ河がゆっくりと流れてゆく。

遠くに四本の煙突《えんとつ》があらわれた。ロンドン市街に近づいた合図だ。ちょうど、ひっくり返したテーブルの足のように、四つの隅から灰色の煙突《えんとつ》がズドンと立ちあがっている。それは古い発電所《はつでんしょ》で、水面《すいめん》にうつる巨大な廃墟《はいきょ》は、SF映画のポスターみたいだった。近くには、バターシー公園の冬枯れの森が広がっている。

テムズ河を越えると、街は急にはなやかになった。色とりどりのショーウインドゥをながめながら、カナはつぶやいた。

「そろそろ今月の靴《くつ》を買わなきゃ」

ロンドン行きに猛反対《もうはんたい》だったママは、パパやばぁばに説得されて、しぶしぶ許してくれた。その時の条件が、「毎月、ママに靴《くつ》を送ってくること」だった。姉のキョウコとは逆に、〈謎《なぞ》と超常現象《ちょうじょうげんしょう》には、決して近づかない〉がモットーだったママにとって、上等な靴《くつ》は怖い場所に出くわさないための、お守りのようなものだったらしい。

わたしのお守りはここにあるわ。カナは手袋の上から、そっと指をにぎりしめた。昼と夜で色の変わる宝石アレキサンドライト。じぃじからプレゼントされた魔法《まほう》の指輪《ゆびわ》を、カナの指にはめてくれながら、ばぁばは言った。

「英国からやってきた指輪《ゆびわ》ですもの。きっと、あなたを導《みちび》いてくれるはずですよ」

カナと交代するように、天国に行ってしまったじぃじ。そのじぃじの才能をカナは受けついでいるのだと、ばぁばはいつも話してくれる。

ずっと昔、じぃじもロンドンにきていた。謎解《なぞと》きが上手だったというじぃじは、ここでなにをしていたんだろう。

〈――だって、じぃじはね、ロンドンで消えた首をさがしていたのよ〉

消えた首？

また、キョウコ姉が変なことを言いだしたわ。

ため息をつくと、バスの窓ガラスが一気にくもった。

ヘンデルが住んでいた家は、ヘンデル・ハウスという博物館《はくぶつかん》になっていた。三階建ての細長い家は、にぎやかな通りにブティックやレストランとならんで建っている。階段をあがると、はなやかな音色がむかえてくれた。ハープシコードの演奏《えんそう》がおこなわれているのだ。

ハープシコードは、ピアノのもとになった楽器《がっき》だ。形はピアノにそっくりだが、構造はまったくちがうので、音は弦楽器《げんがっき》に近い。ピアノよりもほっそりしていて、美しい絵やかざりがほどこされている。

ヘンデル・ハウスのハープシコードは、鍵盤《けんばん》の色が逆になっていて、真っ黒な鍵盤《けんばん》の上に、くっきりとした白いストライプがならんでいる。とてもオシャレに見えるが、当時、白鍵《はっけん》の材料は象牙《ぞうげ》で、その象牙《ぞうげ》が高価だったため、こんな逆転《ぎゃくてん》の鍵盤《けんばん》ができたらしい。

その鍵盤《けんばん》から弾きだされる、ギターともハープともちがう深い音が、レースを編むようにからまりながらひろがってゆくのが好きで、カナはよくここに顔を出していた。

演奏《えんそう》がひとくぎりしたところで、聴《き》いていた人びとがほかの部屋に移動していった。ふと見ると、イスの下に万年筆《まんねんひつ》が落ちている。

だれかの忘れ物かしら。

どっしりと黒く光る胴には、枝をひろげた木のマークが彫りこまれていた。

ロンドン大学のメイン校舎は、白い円柱のたちならぶローマ神殿《しんでん》風の建物になっている。ちょうどお昼休みになったところで、本をかかえた学生たちがぞろぞろと出てきていた。一階はアーチ型の窓がつづく回廊になっていて、美術館《びじゅつかん》のように清潔《せいけつ》で明るい。そこをぬけると、目の前に大きな木箱があらわれた。

「ひゃ！」

カナはおもわず悲鳴《ひめい》をあげた。廊下《ろうか》の奥に置かれたショーケースのような箱の中に、おじいさんが座っている。

人形かしら？

毛織《けお》りの古風《こふう》な上着を着て、頭には麦わら帽子。ひざには鳥の頭のようなかたちをした木の杖がたてかけてあった。蝋《ろう》で精巧《せいこう》につくられた顔と、ぬいぐるみのような手足がふつりあいで、どこか不気味《ぶきみ》な雰囲気《ふんいき》をただよわせている。

『ジェレミー・ベンサム』

奇妙《きみょう》な箱にはそう書かれていた。


教えられた教室をめざして階段をあがってゆくと、するどい声が聞こえてきた。廊下《ろうか》でだれかが言いあらそっているようだ。茶色のジャケットを着た、背の低い男性のすがたが見えた。

あの人がクーパー教授《きょうじゅ》かしら？

うすくなった髪をうしろにかきあげて、いっそう広くなったひたいが、いかにも学者らしい。

「なぜ、あんなことをするんだ？」

今にもつかみかかりそうな様子でにらんでいる相手は、学生らしい女の子だった。穴のあいた黒づくめの服装に、スタッズだらけのブーツ。「殴られたの？」と聞きたくなるほど、目のまわりを黒くぬりつぶし、白いアイラインをびっしりとひいている。パンクファッションの本場であるロンドンでは、むらさきに染めた毛はめずらしくなかったが、綿菓子のようにふくらませた彼女の髪は、一度見たら忘れられないほどあざやかなむらさき色だった。

あら？　あの子……。

とカナが思っていると、バスっとにぶい音がした。女の子が思いきり壁《かべ》を蹴《け》ったのだ。

「首なし先生に聞けば？」

「ゼノビア！」

つかもうとする手をふりはらって、彼女は階段をかけおりていった。

「あの……」

カツンカツンというヒールの音が消え、見おくっていた男性が肩を落とすのを待って、カナは声をかけた。

「失礼ですが、クーパー教授《きょうじゅ》でしょうか？」

男性は、しぶい顔をカナの方へむけた。

「そうだが」

「さきほど電話をさしあげた者です」

「ああ、連絡をくれた人だね。聞いているよ。こんな所まできてもらって、すまないね」

「大切な品物なのではと、思ったものですから」

カナはヘンデル・ハウスでひろった万年筆《まんねんひつ》をさしだした。

教授《きょうじゅ》はメガネをあげてそれを確認すると、けわしい表情のままカナにたずねた。

「どうしてこれがわたしの持ちものだとわかったのか、聞いてもかまわないかね？」

「はい。あそこにいたのは、ほとんど観光客《かんこうきゃく》でした。フランスからきたご婦人たちでしたね。この万年筆《まんねんひつ》はイギリス製ですし、女性が使うにはボディが太すぎます」

「わたしの前には、地元の学生グループも座っていたよ」

「そうですね。でも、これは高級《こうきゅう》な品で、しかも、もう生産されていない型です。かなり使い込んでありますから、学生さんのものではないと感じました」

カナはペンの側面をさした。

「ここに1999とあるのは年号ですね。するとこれは、卒業記念の贈りものではないかと思ったのです。この木のマークはロンドン大学の研究機関《けんきゅうきかん》のものでしょう？　ためしに問い合わせてみたら、教授《きょうじゅ》に行きついたわけです」

教授《きょうじゅ》はじっとカナの顔を見つめたあと、ようやく頬をゆるめた。

「君は日本人かね」

「はい」

「そうか。すまないけど、君ね」

クーパー教授《きょうじゅ》は、広いひたいをさすりながら言った。

「わたしの研究室まで、きてくれないだろうか？」

文化人類学者《ぶんかじんるいがくしゃ》であるクーパー教授《きょうじゅ》の研究室は、メイン校舎から数分歩いた街角にあった。

「わあ、すごいですね」

部屋の中は、小さな博物館《はくぶつかん》のようだった。

キョウコ姉の部屋に似ているわ。

そこには世界のあらゆる地域の物があつめられていた。ただキョウコの部屋と大きくちがっていたのは、それらが種類ごとに整理され、まるで定規《じょうぎ》で測ったように整然《せいぜん》と置かれていることだった。

「これを見てくれたまえ」

ゆっくりながめる間もなく、カナは机の前まで連れてこられた。

「先ほどきてみたら、こんなものがあってね」

机の上には、やはり測ったようにまっすぐに本やスタンドが置かれていた。鏡《かがみ》のようにピカピカにみがかれた面には、ほこりひとつない。

そこに、二組のハサミとナイフがあった。大きく刃をひろげたハサミの横にナイフ。そのとなりに、またひろげたハサミとナイフ。

それぞれの刃の向かった先には、二つの写真立てがあった。

一枚は、ハチミツ色の髪をした女性と、おなじ色の髪の赤ちゃんを抱く若いクーパー氏の写真。もう一枚はだいぶ古いもので、立派《りっぱ》なひげをはやし、杖を持った男性の横で、男の子がぎこちない笑顔をつくっている。うしろにはロンドン大学の白い円柱が写っていた。

「ご家族の写真ですね」

「そうだ。こっちはわたしの父親だよ。法律家《ほうりつか》だった」

教授《きょうじゅ》が眉をしかめると、写真の中の男性とおなじ表情になった。

「どう思うかね？　まるで、殺人予告《さつじんよこく》のようじゃないか」

たしかに、ハサミは首をちょんぎるぞとおどしているようにも見えたし、ナイフは今にも写真の中の人につきささりそうだった。

でもなんだか、子どものいたずらみたいだわ。

二つのハサミは引き出しの中にあったものだろう。ナイフは象牙《ぞうげ》製のペーパーナイフ。もう一本は、アラジンが持っていそうなナイフで、刃先はつんと上をむき、カラクサ模様が彫られている。持ち手には、赤いガラスがはめ込まれていた。

「中国のインギサルのナイフでしょうか」

「そうだ。よく知っているね」

「すこし、お部屋の中を拝見《はいけん》させていただいてもよろしいですか?」

ソファにバックとコートを置くと、カナはうしろで手を組んだ。むやみにさわったら、注意されそうだった。

「すばらしいコレクションですね。本物ですか」

「もちろんだ。本物ではないものには、玉ねぎの皮ほどの価値もない」

教授《きょうじゅ》は怒ったようにつづけた。

「君はシャーロック・ホームズ博物館《はくぶつかん》に行ってみたかね。存在しない人物のカバンやパイプ、ごていねいに便器《べんき》まである。十ポンドもはらって、ニセモノを見て、みんな大よろこびをしている。じつにばかばかしい。おろかな行為だとは思わんかね」

カナは、コレクションの中でも一番のスペースを占めている西アジアの棚の前で立ち止まった。

コインや壺《つぼ》をならべた棚のうしろにはパネルがかけてあり、砂漠にそびえる塔が写っている。花崗岩《かこうがん》の柱でささえられた高い塔が四本、正方形にならんでいる風景は、シリアにある有名な遺跡《いせき》だった。

「これはパルミラですね」

「そうだ。パルミラの中でも、この四面門《しめんもん》はとりわけてすばらしい。地球上でもっとも美しい門だ」

教授《きょうじゅ》は、じまんげにパネルを見あげた。

「少年時代に、図書館《としょかん》ではじめてパルミラ王国の本を読んだ時、感動で心臓《しんぞう》がふるえたよ。わが家には歴史《れきし》物語の本なんか、一冊もなかったからね。それからは父と家庭教師の目をぬすんで、古代オリエントの本をよみあさったよ。わたしはこれに人生をささげようと決めた」

「あのう」

カナは、おずおずと口をひらいた。

「さっき廊下《ろうか》で話していた女の子ですけど、もしかしたら先生の娘さんではありませんか？」

ぶあついレンズの奥で、クーパー教授《きょうじゅ》の目が見ひらいた。

「なぜ、わかったんだね？」

「ゼノビアは、パルミラ王国の女王の名前ですもの」

カナは、棚の上にある古いコインを指さした。銀色のコインには、王冠《おうかん》をつけた女性の横顔が描かれていた。

「おどろいたな」

教授《きょうじゅ》は、感心したように首をふった。

「歴史《れきし》にくわしいね。ここの学生かね？」

「いいえ、ロンドンにはピアノの勉強にきています」

「ピアノか。おめでとう、君の父親は娘のしつけに成功したんだろうね」

クーパー教授《きょうじゅ》は、写真の中の赤ちゃんに目をやった。

「あの子にもピアノは習わせていたんだよ。いい先生につけてやったつもりだ。ヘンデル・ハウスにもよく連れていった。あの子はハープシコードが好きでね。昔はきれいな金色の髪だったんだ。それが今は、あんなうすぎたないなりをして、音楽などとは呼べない低俗な騒音に夢中になっている。人生の貴重《きちょう》な時間をゴミ箱に捨てていることに、気づかないのだよ」

「このハサミとナイフを置いたのはゼノビアだと、思っていらっしゃるのではないですか？」

「ああ、そうだ。昨夜も、ひどい言いあらそいをした」

教授《きょうじゅ》は、つかれたように椅子《いす》に腰をおろした。それは、長い時間をかけて心の中にたまったつかれに、体が耐えられなくなったようにも見えた。

「ゼノビアとわたしは、仲のいい親子だったと思うよ。年ごろになって、親に反発しだしたのも、思春期《ししゅんき》だからと受けとめているつもりだった。パンクファッションやロックに熱をあげても、また時期がきたらもどるだろうと思っていた。ところが、秋にこの大学に入学してからだよ。あの子の、わたしを見る目がひどく冷やかになった。まるで、『お前は人間のクズだ』と非難しているようにね」

クーパー教授《きょうじゅ》の声は、ひとりごとのようになっていった。

「なぜ、子どもは親の思うように育たないのかね。なぜ、あの子はこんなことをするのかね。刃物をむけたくなるほど、父親を憎んでいるのかね」

「わたしには、なぞなぞみたいに思えます」

「なぞなぞだって？」

カナはこっくりとうなずいた。

「あの子は、なにを言いたいのだ？　わたしにはまったくわからない」

「ゼノビアは答えていましたよ」

「え？」

「『首なし先生に聞けば？』と」

「ジェレミー・ベンサム先生は、この大学の建学《けんがく》の父だよ。偉大な哲学者《てつがくしゃ》であり、法学者《ほうがくしゃ》だ」

カナとクーパー教授《きょうじゅ》は、あの木箱に入ったおじいさんの前にきていた。

「先生のご遺志でね。自分が死んだら、ミイラにして公開してほしいと」

「ええっ？　これは本物のミイラなんですか？」

「首から下はね」

「首から上はどうしたんですか？」

「頭はミイラにする時に失敗《しっぱい》してしまったんだよ。そこで顔だけは蝋《ろう》で作って、本物の頭は先生の足もとに置いてあったんだ」

ロンドンのつめたい外気のせいではなく、カナは指の先がじんじんと冷えてくるような気がした。

学校の廊下《ろうか》に先生のミイラが置いてあるなんて、ママが聞いたら、ひっくり返るわ。

「戦後になって、頭部のミイラを保護するための小箱をつくったら、サイズが大きすぎて先生の木箱の中に入りきらなかったのさ。しかたなく、首が入った小箱だけはこの上に置いてあった。これがたびたび学生に盗まれてね。サッカーボールの代わりにされたり、オークションで売りとばされそうになったこともあった。さいわいにも、もどってきたがね」

信じられないといった顔のカナを見ながら、教授《きょうじゅ》はつづけた。

「私が子どものころの話だよ。先生の頭部は、今は倉庫の方に移して厳重《げんじゅう》に保管してある。顔はつくりものだが、着ている服や帽子も、すべて実際に先生のおつかいになっていたものだ」

それが、〈首なし先生〉の意味だったのね。

「若者の神経は、まったく理解できないね。私の父も祖父も、法学者《ほうがくしゃ》だったのだよ。二人とも、この大学で教鞭《きょうべん》をとっていた。ベンサム先生は、神よりも偉大な方だったんだ。『首なし先生』などと呼んだら、父は激怒《げきど》しただろうよ。火にくべた栗みたいに、目玉をむいてね。死ぬまで杖でたたかれただろう」

そう言いながら、教授《きょうじゅ》の口もとは、どこかゆかいそうにゆるんでいた。

カナは、あらためてベンサム先生のミイラを見つめた。

ゼノビアは、首なし先生になにを聞けと言っているのかしら？

ハサミとナイフの意味はなんだろう？

「実はね、先生の首が盗まれた時、事件を解決してくれたのが日本人だったんだよ。とても勘のはたらく人でね。大学のだれかに招かれてきていたらしいが、日本では農夫《のうふ》をしていると言っていた。つい、君を研究室に呼んでしまったのは、君が日本人だったからさ」

教授《きょうじゅ》は、箱に目をあてたまま言った。

「なぞなぞは解けたかね？　率直に言ってくれたまえ」

よくわかりません、と答えたあと、カナは箱の中を指さした。

「ひとつ気になったのは、このベンサム先生の杖が、机の上の写真にいた方のものと、とてもよく似ていることくらいです」

クーパー教授《きょうじゅ》は口を半分開けたまま、カナの顔を見た。

ゆっくりと、手がひたいにあがった。

「すまないけど、君ね」

その手がすこしふるえていた。

「わたしの家まで、きてくれないだろうか?」

ロンドンの北部にある高級住宅街《こうきゅうじゅうたくがい》で、教授《きょうじゅ》は車をとめた。ゆるい坂道に沿って、レンガ造りのお屋敷《やしき》が建ちならんでいる。その中でもひときわ古そうな家に、カナは案内《あんない》された。

ホーンテッドマンションみたいだわ。

何段もあるステップをあがると、花の彫刻《ちょうこく》がきざまれた石の屋根を持つ玄関《げんかん》があった。ずらりとならんだ長い窓わくは、この家の天井がとても高いということを知らせている。

広間のとびらを開けると、大きな肖像画《しょうぞうが》が目に入った。すその長い上着をまとったクーパー教授《きょうじゅ》の父親が、訪問者を見おろしている。手には、鳥の頭のように首のまがった木の杖があった。

肖像画《しょうぞうが》のむかいには、教授《きょうじゅ》が好きな四面門《しめんもん》の絵がかけてあった。二つの絵は、まるでケンカをするように、真正面にむき合っていた。

「わたしの父親は、おそろしく厳格な人でね。生活のすべてが規律だった。あたたかい言葉など一度もかけてくれなかったし、家族の意見を聞いてくれたこともなかった。わたしをしつける時は、いつも杖でたたいた。大きらいだったんだよ。父も、あの杖も、父が尊敬《そんけい》するベンサム先生もね。寄宿《きしゅく》学校に入って、わたしはどれだけ楽になったか」

教授《きょうじゅ》は、だだをこねる子どものような目で、絵の中の人物をにらみつけた。

「わたしは、歴史《れきし》や民俗学を学びたかった。だが、いくら頼んでも、それを父は許してくれなかった。ある日、自分の部屋に帰ったら、あつめていた古物がみんな捨てられてしまっていた。わたしは憤慨《ふんがい》して、父に抗議《こうぎ》するために大学まで出かけて行ったんだよ。それがたまたま、あの事件がおきた日だった」

「ベンサム先生の首が盗まれた日だったのですね」

「そうだ。大学の中は大変なさわぎだったよ。その時、わたしは気づいたんだ。ベンサム先生の杖と、父の杖がそっくりだということにね」

「それで……」

「その計画を思いついた。木箱の鍵《かぎ》は開いていた。これは、冷酷《れいこく》な父親に仕返しをするチャンスを、神さまがくださったのだと思ったよ。わたしは夢中で走った。父の研究室から杖をとってくると、ベンサム先生のものとすりかえたんだ」

杖を持った少年が、ドキドキしながら大学の構内を走りぬける場面を思いうかべながら、カナは話を聞いていた。

「騒動《そうどう》がおわって箱の中を見た時に、入っているのが自分の杖だと気がついた父は、血の気が引いたことだろう」

教授《きょうじゅ》はさびしく笑った。

「もう一度、たたけるものなら、その杖でたたいて見ろって思っていたよ。父はそれ以来、わたしをたたかなかった」

「本物のベンサム先生の杖は、今どこにあるんですか？」

「ダイニングの壁《かべ》にかざってあるよ。こっけいだろう？　食事をするたびに、父とわたしは、犯した罪を思い知らされていた」

そう言って、広間のつづきになっているダイニングに入っていった教授《きょうじゅ》は、顔色を変えてもどってきた。

「杖が消えている」

暖炉の上の壁《かべ》には、長い物が掛けられていたと証明する二つのフックだけが、横にならんで残っていた。

「ここにあったんだ。たしかに昨夜までは」

「持っていったのは、ゼノビアだと思います」

カナが言った。

「彼女は気づいたんです、二つの杖が入れかわっていると。きっと、大学に入って、あのベンサム先生の箱を見た時に」

「そういうことだったのか。それをやったのがわたしだと、察《さっ》したのだね。わたしはずっと、父へのうらみごとを聞かせていたからね。あの子は、さぞかし、幻《げん》滅《めっ》したことだろう」

両手で顔をおおうと、教授《きょうじゅ》は小さくうめいた。

「あの子は杖をどこに持っていったのかね」

「手がかりは、ちゃんと残してくれています」

「え？」

「ハサミとナイフをお借りできますか？」

あれは、ゼノビアの暗号だったんだわ。杖のかくし場所の。

カナは、テーブルの上に大きく開いたハサミを置いた。

「なにに見えますか？」

「ハサミにしか見えんよ」

「エックスですよ」

「エックス？」

「ほら、ハサミをひらくと『X』みたいになるでしょう。そうすると、となりのナイフは『1』です」

カナはメモ帳をとりだすと、Xの横に1を書いた。

「XIということか」

「そうです。ローマ数字のXI」

「XIが二つ。それで？」

「これを、アラビア数字になおすと11です」

カナは、さらに書きくわえた。

XI　XI　＝　11　11

クーパー教授《きょうじゅ》は、ますます眉間《みけん》のしわをもりあげて首をひねっている。

「四本の棒。これが、杖のある場所になります。お二人にゆかりのある場所で、こんなふうに、なにかが四本ならんでいる所を知りませんか？　たとえば並木道とか、柱とか」

「四本の柱か……」

カナと教授《きょうじゅ》は、同時に壁《かべ》の絵へと目を走らせた。

「四面門《しめんもん》だ！」

「そう、あの四つの塔です。四本の棒があらわしていたのは」

でも四面門《しめんもん》があるのはシリアだわ。いったい、どういう意味かしら。

すると、絵をながめていた教授《きょうじゅ》がさけんだ。

「四面門《しめんもん》はロンドンにもあるぞ！」

車の鍵《かぎ》を持つと、教授《きょうじゅ》はカナをふりかえった。

「バターシーだ！　発電所《はつでんしょ》の四本の煙突《えんとつ》だよ」


「幼いころ、娘はあれを四面門《しめんもん》と呼んでいたんだ。河沿いをドライブすると、いつも『あっ、あそこ、パパの好きなところだね！』って言ってね」

テムズ河の岸で車はとまった。

「ここだ」

そこからは、ちょうどクーパー家の絵にあった四つの塔とおなじ角度の四本の煙突《えんとつ》を、対岸に見ることができた。

河岸《かわぎし》に残された近代産業の廃墟《はいきょ》は、たしかにどことなく、砂漠の中の遺跡《いせき》に似ていた。

クーパー教授《きょうじゅ》は、もう迷うことなく、めざす場所へと歩いてゆく。

「いたずらっ子ちゃんめ。お前の考えそうなことは、すぐわかるよ」

小さな女の子に話しかけるような口調でつぶやきながら、『立ち入り禁止』とかかれたフェンスをひょいとのりこえた。河のほとりには古びた石の階段があり、水の中までつながっていた。思いのほか流れのはやい、つめたい水面《すいめん》がすぐそこにあった。

「スリルがあるだろう？　妻も知らない秘密の場所だ。オモチャを買ってあげたことを、ママにばれたらこまる時には、ここにかくしていたんだ」

教授《きょうじゅ》はズボンがよごれるのもかまわずに、階段の上にはいつくばると、積まれた石のすきまに腕を入れた。

「よし」

しばらくして起きあがった教授《きょうじゅ》の手の中には、一本の木の杖があった。

「まったく、なんてところに置くんだ。貴重《きちょう》な文化財が、あやうく失われるところだったじゃないか」

そうつぶやいた声は、とてもやさしく聞こえた。ベンサム先生の杖を手に、教《きょう》授《じゅ》はしばらく河の音を聞いていた。

「さて、自分のやったこととの始末をつけねばならないね」

教授《きょうじゅ》がひたいに手をあてる前に、カナは答えた。

「さあ、杖を返しに行きましょう」

「わたしはずっと、多くの人びとをだましてきたんだな。本当にばかだったよ。生涯のほとんどを、ひきょうな盗っ人としてすごしてしまった。わたしは罰を受けるべきだ」

ベンサム先生の足に本物の杖がたてかけられると、クーパー家の杖は、数十年ぶりに箱から解放された。

「これで父にたたいてほしい気分だよ。このおろか者ってね」

そう言って杖を手にした教授《きょうじゅ》が、首をかしげた。

「これはなんだ？」

杖の底に、小さな紙が貼りつけてあった。

ふちの黄ばんだその紙を見た教授《きょうじゅ》は、手で口をおおうと声をころして泣きだした。

「なんということだ……」

そこにはきっちりとした文字でこう書いてあった。

〈本物は貸出中〉

「わたしは泥棒《どろぼう》にならずにすんだのか」

クーパー教授《きょうじゅ》はジャケットの胸を涙でぬらしながら、杖をにぎりしめていた。

「これを書いてくれたのは、おそらくあの時の日本人だよ。あの人は知っていたんだ、わたしがやったことを。わたしの罪をあばかずに、いつか本物を返すのを待ってくれたのだ。ああ、ありがとう……。ありがとう」

その日本人がだれなのか、カナにもわかっていた。

じぃじ。

「この校舎にくる時は、いつも気が重かったよ。杖を返すべきだと、何年も思いつづけていた」

すがすがしい顔で大学の門をふりかえりながら、教授《きょうじゅ》は言った。

「わたしの背中を押してくれたのは、ゼノビアだ。ちょっとのきっかけがあれば、できることだった」

「そういうあと押しのことを、『妖精《ようせい》の一蹴《ひとけ》り』と言うそうです」

「まさか、あのトゲトゲ靴《くつ》で蹴《け》られるとはね」

教授《きょうじゅ》は苦笑いした。

「わたしは、娘にあやまらなければ。それから、うんと抱きしめてあげたい」

「ゼノビアは、ヘンデル・ハウスにいると思いますよ」

「え、なんだって？」

「今日は木曜日です。コンサートのある日ですもの」

　ヘンデル・ハウスでは、毎週木曜日の夕方から、さまざまなアーチストによるコンサートがおこなわれていた。

「ときどき、あそこで見かけていたんです。彼女の、あのむらさき色の髪を。ゼノビアも音楽を愛しているんですね」

「すまないけどね」

　教授《きょうじゅ》がひたいに手をあてた。

「君、遠慮《えんりょ》してくれるかな。ここからはわたし一人で行きたい」

　カナはだまって、うなずいた。

「お礼がしたいな。よかったらあとで、三人で夕食を」

「いいえ、弟子が待っているので」

「ピアノの、かね？」

「いいえ、なんというか、趣味の方といいますか。今、こちらで心理学を勉強中の子なんです」

「心理学か。ピアノと心理とは、おかしな組み合わせだね」

「そうですね。でも音符は、作曲家《さっきょくか》の残した暗号のようなものかもしれませんから」


「ああ、そうだ」

別れぎわに、教授《きょうじゅ》はもう一度カナを呼びとめた。

「その指輪《ゆびわ》の石はアレキサンドライトだね」

「はい、そうですが」

「それは君の？」

「いいえ、祖母のものです」

「そうか。その指輪《ゆびわ》の持ちぬしは、お元気でいられるのかな」

「はい。でも、どうしてですか？」

「それを選んだのは、わたしだからさ」

「え？」

「消えた首を見つけてくれた日本人と父は、不思議《ふしぎ》と気が合ったようでね。愛想のいい、おだやかな方だったよ。その人が、家族に贈りものをしたいといって、父とわたしと三人で一緒に買いに行ったんだよ。奥さんにプレゼントする指輪《ゆびわ》のデザインを迷っている時に、わたしに聞いてくれたんだ。『君は、どちらがいいと思う？』ってね」

そう言うと、クーパー氏は笑顔で去っていった。

カナは大通りに出ると、空を見あげた。つめたいガーゼのような夕ぐれが街をつつみこもうとしていた。

ばぁばの言っていた、じぃじの才能が本当はなんなのか、すこしだけど、わかったような気がするわ。

白い息が、街の明かりの中にとけてゆく。

わたしは、じぃじに近づけるかしら。

「ずいぶん、おそかったわね」

フィオナさんが、キッチンのドアから顔を出した。

「ボーイフレンドが何度もむかえにきたわよ。いつものパブで待ってるって」

「ボーイフレンドじゃありませんてば」

「そろそろ格上げしてあげなさいな」

「じゃあ執事にでもします」


ガラスの扉を開けると、ほの暗いパブの奥で青年が手をふった。

「きた！」

長い足をじゃまそうに組みなおすと、カナがきたのがいかにもうれしそうに、
彼は白い歯を見せて笑った。

「おそいよ」

「ごめん、ちょっと謎《なぞ》を解いていたの」

「ふうん。謎解《なぞと》きのセンス、にぶくなったんじゃないの？　僕ならすぐに解決し

ちゃうと思うな」

「ごちそうするから、きげんなおしてね」

「子どもあつかいしないでください。僕はもう立派《りっぱ》な大人だからね。待っているあいだに、こんなにお酒を飲んじゃったんだから」

テーブルの上には、からになったビールグラスがいくつも置いてあった。

「大人の男性が、こんな寝《ね》グセをつけてますかね」

カナは、からかうように青年の髪をくしゃくしゃにして笑った。昼間のつかれがいっぺんに吹きとんだような気がした。

「お腹すいちゃった、まだお昼ごはんも食べていないの。行きましょ」

カナは彼の腕を引っぱると、街燈《がいとう》の明りの中へと歩きだすのだった。

「それで、いつ、わたしに追いつくのかな、小さな探偵《たんてい》くん？」

チェリーさんの
糸ほぐし

真冬《まふゆ》のロンドンにいるカナに送ってあげるマフラーを編んでいて、ふと思いだしたのです。それは、カナが生まれる前のこと、まだわたしがばぁばではなかったころのお話です。

庭の緑が、エメラルドのように光って見える初夏の午後でした。わたしは窓ぎわの籐椅子《とういす》にすわって、そのまぶしい庭をうっとりとながめていました。長いこと咲いていたしだれ桜も、うしろからよじり出てきた葉っぱにすっかり追い落とされて、たわわな若葉が枝いっぱいにゆれています。その枝のあいだを、さきほどから女の人が行ったりきたりしていました。その人はときどき背のびをして、塀のむこうからこちらをのぞきこんでいるようです。そううちにきたお客さまかしらと思っていると、足早にたち去って行きます。そうしてまた、通りの方から様子をうかがっているのです。

ピンポーン！

玄関《げんかん》のベルが鳴りました。

ピンポンピンポンピンポン、ピンポンピンポンポン！

ずいぶんせっかちなお客さまだこと。いそいでドアを開けると、大きな紙袋をかかえた若い女の人が立っていました。

「あの！」

いきなりそう言ったきり、声をつまらせたお顔には、見おぼえがありました。

「あなた、ミズキちゃんね」

二番目の娘のエリコの同級生でした。小学校を卒業してから、もう十年あまりたっていますから、すっかりいいお嬢さんになっていました。

「はい、そうです」

「エリコに会いにきたのかしら？」

わたしは、窓のむこうの新しい家に目をやりました。

エリコは去年、結婚しました。ちょうど今、エリコ夫妻が住む家をとなりに建てているところです。

ミズキさんはプルプルっと首をふりました。

みじかくそろえた前髪が、いっしょになって左右にゆれています。

「チェリーさんに、教えてもらいたいことがあって」

チェリーさんというのは、なんと言いますか、わたしのニックネームのようなものです。

わたしの本名は智恵里といいます。これで「チエサト」と読むのです。わたしの父は、お坊さんでした。「里」とは、仏教の世界では日常生活のことをさすそうです。「お前は女の子なのでお寺はつがなくてもいいから、人とのかかわりの中で智恵《ちえ》（悟《さと》り）を開きなさい」という、父なりの願いのこもった名前なのです。

そんな読みづらい名前でしたから、みなさんがまちがえて「チエリさん」と呼んでも、そのままにしていました。そのうちに、娘たちが小学校に入ったころからでしょうか、お友達のだれかが「チェリーさん」と聞きまちがえたのをきっかけに、そう呼ばれるようになってしまったのです。ちょっと、はずかしいですけれどね。

「あの、実は」

玄関《げんかん》先で袋をあけはじめたミズキさんを、わたしは家に招きいれました。

「まあ、どうぞ、おはいりなさいな」

小学生の頃のミズキちゃんは、エリコのうしろにかくれているような、おとなしい女の子でした。こんなに、せっかちな子だったかしら。

「わたし一人なのよ。中でゆっくり、おはなしを聞きましょ」

主人は人にたのまれて、旧家の家宝をさがしに信州の方に行っていましたし、上の娘のキョウコはアフリカに行ったきり、ひと月も帰ってきません。

「おいそぎのご用かしら？」

「は、いいえ、はい、大丈夫です」

わたしはミズキさんをティータイムにおさそいしました。

「いい香りですね」

背すじをのばして、カップからのぼる湯気《ゆげ》にほほえむミズキさんは、親御《おやご》さんにきちんと育てられてきた娘さんだと思いました。

「ミズキさんは、今、なにをなさっているの？」

「保育園《ほいくえん》ではたらいています。アルバイトですけど」

ミズキさんの、まるいお顔にプクンとした鼻は、どこか子どもたちを安心させてくれそうです。

「あたし、ちっちゃい子が大好きなんです。すごくピュアで、いやされるんです」

「小さなお子さんの面倒をみるのは、苦労することもあるのでしょう？」

「いいえ、やりがいのある仕事ですし、一生懸命《いっしょうけんめい》むきあえば、子どもたちはちゃんとわかってくれます」

そう答える様子は、とてもたのもしく見えました。

「すばらしいお仕事をされているのね。ところで、わたしに教えてもらいたいことってなにかしら？」

「あ！　これを」

ミズキさんが、持ってきた紙袋をいきなりテーブルに乗せたので、わたしはあわてて、まだ紅茶の残っているティーカップをお盆の上に避難《ひなん》させました。

「エリコちゃんが、いつもかわいい手編《てあ》みのセーターを着ていたのを思いだして」

そう言って、ミズキさんがとりだしたそれは、紺色《こんいろ》の毛糸で編んだ……なんでしょう？

お手本のように完ぺきな編み目でたちあがった三〇センチほどの作品は、途中から調子《ちょうし》をくずしたように、目が荒れてきます。あちこちにボコっとした穴があいて、そのうちにねじれて、最後《さいご》はキチキチになった目のせいで、止まってしまっているのです。かたくちぢこまった毛糸の中で二本の編《あ》み棒《ぼう》が悲鳴《ひめい》をあげているようでした。残りの毛糸の方はひどくからまりあって、その先に、小さくなった毛糸玉がもうしわけなさそうにくっついていました。

「マフラー、かしらね？」

ピョコン、とミズキさんの身体《からだ》がとびあがりました。

わたしは、そんなにおどろくことを聞いてしまったかしら。

「なおりますか？」

「そうねえ、まず、このからまった糸をほぐさないことには」

「どうすればいいでしょうか」

「残念《ざんねん》ですけど、これはねえ、根気《こんき》よく糸をたどってゆくしかないのよ」

そんな地道《じみち》な作業に、このお嬢さんは、むいているような気がしました。

「この毛糸玉を持って、巻きとりながらやってゆきましょう」

わたしとミズキさんは、紺色《こんいろ》の毛糸をあっちへひっぱり、こっちへくぐらせながら、すこしずつほぐしてゆきました。

「ひょっとして、おうちで猫ちゃんを飼ってらっしゃる？」

猫が毛糸玉にじゃれついて、糸がモジャモジャになってしまうことは、よくあることのようです。

「猫はいません。幼稚園《ようちえん》のころには飼ってました。でもあたしは、猫がこわくてにげまわってたんです。やっと、なでられるようになったら、猫が家出しちゃったんです。それきりです」

そんなはなしをしているうちに、どうしてもほぐれないような、かたいむすび目につきあたりました。

「ここは、ほどくのはむずかしいかもしれないわね。なるべくしない方がいいのですけど、一度糸を切った方がいいかもしれないわ」

「ダメ！」

とつぜん、ミズキさんは立ちあがりました。カップの中に残った紅茶が、嵐《あらし》の海みたいに大ゆれにゆれています。

「いやです、切るのは、ぜったいに」

ミズキさんは、そう言って口をつぐみました。まるいほっぺたが、桃《もも》のようにあからんで、目のはしに涙がにじんでいます。

その時になって、わたしはようやく思いあたりました。ちょっと、にぶかったかと思います。わたしの二人の娘たちは、こんなにあまずっぱく目をうるませたことなどなかったものですから。

「だれかに編んでさしあげているのね」

ピョコン！　ミズキさんの肩があがって、ティーカップがカチャンと音をたてました。

「糸を切ったら、あの人とのつながりも切れてしまいそうで」

消えいりそうな声で言うと、ミズキさんはペコンと頭をさげました。

「ごめんなさい。今日は、もう帰ります」

「そう。また、いらしてね。わたしも他の方法をかんがえてみましょう」

そう言いながらわたしは、もう彼女はこないかも知れないわと、半分あきらめた気持ちになっていました。


それから三日ほどたって、ミズキさんはやってきました。

「切ります」

ドアを開けて「いらっしゃい」もおわらないうちに、ミズキさんは言いました。

思いつめた目でテーブルにつくと、あの日のまま止まっているマフラーを広げました。まるで、大事なペットを獣医《じゅうい》さんに見せるご主人のようです。

「では、そうしましょうか」

わたしはハサミを持ってきました。

「切っても、なにかがおこるわけではありませんよ」

そう言って、結び目になっているところをさしました。

「ここで切りましょう。はい、おねがい」

チョンチョンと結び目の近くを切ると、するすると渋滞をぬけてきた糸を毛糸玉に巻きとりました。

それからまた、迷路をさまようように糸をほぐしてゆくと、ようやく編《あ》み棒《ぼう》までたどりつきました。

「編《あ》み棒《ぼう》を抜きますよ。きれいな編み目のところまで、一度もどしましょう」

そうやって、キチキチの面と、ボコボコの面をほどいてしまうと、インスタントラーメンのようにちぢれた毛糸の束ができました。

何度もほどいて編みなおしたのでしょう。毛糸はすっかり、つぶれてしまっていました。

「さあ、糸をよみがえらせる魔法《まほう》をかけますよ」

納戸の奥からさがし出してきたのは、いわば〈毛糸蒸《む》し器〉です。

「わたしの母が、むかし使っていたものですよ。ひさしぶりに出番《でばん》がきたわ」

しくみは単純です。ヤカンのような入れ物の、フタの部分に穴が二つあいています。中にお水を入れてわかし、穴に糸を通します。

片方からゆっくりと糸を引いてゆくと、かたくちぢれた糸はフタの中を通るうちに、まっすぐでふわふわした糸に変身して出てくるのです。この手間《てま》仕事も、ミズキさんは辛抱《しんぼう》づよくつづけていました。

「あたし、とってものろまな子だったんです。なにをするにも、一番おそくて、やっと課題《かだい》がおわると、もう次の課題《かだい》が二つも三つも待っていました」

「そうなの。でもこんなことをするには、ちょうどいいペースですよ」

蒸《む》されて生きかえった毛糸は、もとの糸の何倍にもふくれあがって、大きなか・

せができました。

「糸巻きになるものが必要ね。キョウコの部屋にでもあるかしら」

あそこには、いろいろな国の民芸品《みんげいひん》や雑貨《ざっか》がガチャガチャ積んでありましたから、なにか手ごろな道具が見つかりそうでした。

「キョウコさんて、エリコちゃんのお姉さんですね！」

ミズキさんは、目をかがやかせました。

「小学校の時、音楽室《おんがくしつ》に作曲家《さっきょくか》のオバケが出るってウワサがあったんです。それをやっつけたのがキョウコさんだそうです」

わたしは笑いました。

「そんなことはないですよ。キョウコは好奇心がつよくて、怖いものなしのところがありましたけど」

「本当です。オバケにナイフで目をつぶされた子が、何人もいたそうです」

キョウコさんの部屋をぜひ見たい！　とミズキさんが言うので、わたしは二階に案内《あんない》しました。

「がらくた部屋よ。エリコは入るのもいやがっていたのよ。『くさくて、こんとんとして、目がまわりそう』ってね」

キョウコのびっくり箱のような部屋は、ミズキさんの口をいつまでもポカンとさせていました。

アジア雑貨《ざっか》の香料《こうりょう》のにおいが、クラゲのようにただよっています。その見えないクラゲを追うかのように、目がおよいでいました。

「こんとんだ……」

アフガニスタンの赤い絨毯《じゅうたん》の上にすとんと腰をおとすと、ミズキさんはつぶやきました。

「世界は、こんとんとしているのだわ」

「これがいいわ」

わたしは、インドネシアの木の糸枠を手にすると、がらくたの山に見とれているミズキさんの方に声をかけました。

「よかったら、ゆっくり見ていてかまいませんよ。わたしは、下で糸を巻いていますから。これで、次から編みはじめられますよ」

ミズキさんは、夕方までキョウコの部屋ですごし、たいそう高ぶった様子で帰ってゆきました。

「エリコちゃんがうらやましいです。ちゃんと結婚して、しあわせなお嫁さんになって」

そんな言葉が聞こえてきて、わたしは並太の毛糸をからめた指をとめました。

ミズキさんがマフラーの編みなおしにかかり、せっかくなのでわたしも、途中でやめてしまった主人のセーターを一緒に編みはじめたところでした。

「このマフラーをさしあげたい人って、どんな方なのか、聞いてもいいかしら？」

ミズキさんは、こまったような顔で、まばたきを何回もしたあと、教えてくれました。

「保育園《ほいくえん》に、ボランティアできている人なんです。あの、あちらはまだ大学生で」

「そう。保育園《ほいくえん》にくるくらいですから、やさしい男の子なんでしょうね」

「すごい、さむがりなんです。本当はクリスマスにマフラーをプレゼントしようと思ったんですけど、できあがらなくて、バレンタインにも間にあわなくて、こんなにおそくなってしまいました」

「今度の秋には、早すぎるくらいですよ」

コクンとうなずいて、ミズキさんはマフラーにむかいました。

けっして速くはありませんでしたけれど、ミズキさんの編みかたは、ていねいで確実でした。

ピョコン！

急に彼女の頭がはねあがりました。

なにがあったのかとミズキさんを見ましたが、本人は気づいていないようです。

しばらくして、またピョコン！

ピョコン！　がそのままあらわれたように毛糸のループができて、編み目がみだれています。

「ミズキさん、どうしたの？」

ミズキさんは、ピクンとして顔をあげました。そして、「やってしまった！」

というように、うなだれました。

「あたし、編んでいる最中《さいちゅう》に、うなされちゃうんです」

おもしろいことを言う人だわと思いながら、わたしは話のつづきを聞きました。

「突発的《とっぱつてき》に心配がおそってくるんです。頭の中に勝手に、おそろしいことがどんどん浮かんできて」

「どんなこと？」

「ほかの保母さんたちも、彼のことが好きにちがいないとか、もう、きれいな彼女さんがいるかも知れないとか、マフラーは受けとってもらえないだろうとか、もしつきあっても、きらわれてしまったらどうしよう、ふられたらどうしようとか……そうすると、『やめて！』って声がして、背中がキュンってなるんです」

勝手な心配。

なるほど、これがマフラーのボコボコ面の原因ね。

「怖がりさんなのかしらね。でも、決まってもいないことを、想像しすぎないほうがいいわ。編むことだけ考えましょうか」

「がんばります」

ミズキさんが手を動かしはじめてからしばらくすると、こんどは妙な気配を感じました。

ミズキさんは、おばあさんのように背中をまるめて、じっと編み物に集中しています。編むスピードは異常《いじょう》に速くなって、まばたきも、息をするのもわすれてしまったみたいに見えます。キイイっと目をすえて、とりつかれたように、ひたすら編《あ》み棒《ぼう》を動かしていました。

「ミズキさん？」

声をかけると、ハッとして顔をあげました。

手もとを見ると、ずいぶんと編み目がつまってしまっていました。

「このマフラーに、まごころを込めよう。ひと目ひと目に、あたしの思いをすべて込めよう。そう思いながら編んでいると、いつのまにか、こうなっちゃうんです」

念の強さ。

これが、編み目がキチキチになる理由でした。

次にミズキさんがくる日までに、わたしは古いレコードを一枚引っぱり出しておきました。

キングスレイというアメリカ人が作った『ポップコーン』という曲です。ポップコーンがはじけるような、テンポのよい楽しい曲でした。

「なんにも考えないで、リズムに合わせて編んでみましょう」

このテンポは、ミズキさんと相性が合ったようです。そのうちに、ミズキさんは口ずさみはじめました。

「ポポ、ポンポンポンポンポン、ププ、プンプンプンプンプン」

わたしたちは、一緒に歌いながら、ポップコーンのリズムで編《あ》み棒《ぼう》をうごかしつづけました。

ポポ、ポンポンポンポンポン、ププ、プンプンプンプンプン……。

「こんにちは。今日は、お菓子をつくってきたんです」

ミズキさんの開けたタッパの中には、そぼくな形をしたクッキーがならんでいました。

「あら、おいしそう。編み物のあとのおやつにいただきましょう」

ミズキさんのクッキーは、とても歯ざわりがよく、香ばしいアーモンドのにおいがしました。

「保育園《ほいくえん》では、毎日のおやつは手づくりなんです。子どもたちには、甘すぎなくて安全なものをあたえなくちゃいけないので」

「そうだわ、ミズキさん」

わたしはいいことを思いつき、さっそく提案してみました。

「編み物を教えてあげるかわりに、わたしにクッキーのつくり方を教えてくれないかしら？」

「あまっちょろいです。もっと力を込めて、ねってください」

ふうふう言っているわたしに代わると、ミズキさんはクリーム色のかたまりをキッチンにたたきつけました。

お菓子づくりについては、ミズキさんは、なかなかきびしいコーチでした。

「四十分間も生地を寝《ね》かすの？　三十分くらいで焼いちゃいましょうよ」

「ダメです。必要な時間をかけないと、いい生地になりません。時間ばかりは、文明が進化しても、どうすることもできませんから」

クッキー生地をねって、冷蔵庫《れいぞうこ》で寝《ね》かしているあいだに、私たちは編み物をしました。ちょうど、ミズキさんの〈ピョコン！〉が出てくる前にキッチンタイマーがなります。型をぬいてオーブンで焼いているあいだに、また編みすすめます。念がこもって目がキイイっとなるころには、いい匂いがしてきます。

ミズキさんは、はじめてきたころよりも、ずっとやわらかな表情でマフラーを編むようになりました。

それでも、ときどき気持ちがつまってしまうと、キョウコの〈こんとん部屋〉に行って寝《ね》ころがっていました。

「あの部屋は、なんとなく保育園《ほいくえん》に似てるんです。保育園《ほいくえん》はにぎやかなこんとんで、キョウコさんのは静寂《せいじゃく》なこんとんです。あそこにいると、自分もガチャガチャした世界のひとかけらなんだって、気がラクになるんです」

その日も、編み物のお供にキングスレイの曲がかかっていました。世界中の子どもが大好きな、あのパレードの原曲《げんきょく》になった曲です。わたしは娘たちの肩を抱きながら見た、星くずのような光の行進をなつかしく思いだしていました。

「あたし、保育園《ほいくえん》で子どもたちを見ていると、悲しくなる時があるんです」

ふいにミズキさんがそんなことを言いました。

「『これ以上、大きくならないで』って心の中でさけぶんです。『そのままでいて、みにくいことをおぼえないで』って。それって、自分勝手ですよね。子どもじみてて、思いあがった考えです」

どこか投げやりな感じのする、さめた口調でした。

「あたし、変わりたいんです」

そうつぶやいてから一段編みすすむと、ミズキさんはまた顔をあげました。

「どうしたら、変われますか？」

なんともこたえられない質問《しつもん》です。わたしには、すこしばかり変わり者の娘がいますが、あの子たちは変わろうとしたことなんてありませんでしたし、娘を変えたいと思ったこともありませんでしたから。

「変わるって、どんなふうに？」

「もっと、ちゃんと、自分の考えを持つようになりたいです。それからもっと、自信《じしん》を持ちたいです」

ミズキさんの顔は真剣《しんけん》でした。

「変われますか？　あたし、変わりたいんです。これが編みあがったら、きっと変われるような気がするんです。いいえ、あたしが変わったら、ちゃんと編めるようになると思うんです」

むずかしい問いです。わたしは、なんとかこんな答えを出しました。

「えーと、つまり、どちらが先でもいいということね」

夏つばきのつぼみが、タマゴのようにつるんとふくらんで、門にはわせた、つるバラの花がピンクの滝になってこぼれています。

庭の草木は、すっかり新しい季節《きせつ》の準備をととのえていました。

紺色《こんいろ》のマフラーは、すくすくと伸びてゆきました。ところが、あとすこしでできあがるところで、ミズキさんの編《あ》み棒《ぼう》は止まってしまいました。

何日も、ミズキさんは毛糸をからめながら、すすまない編み目を見つめていました。

「完成《かんせい》したら、イヤなことが起きそう」

子どものころ、やっと仲よしになれたら、出て行ってしまった猫。

課題《かだい》がおわった瞬間《しゅんかん》にやってくる、もっとたくさんの課題《かだい》。

ミズキさんが、最後《さいご》の一歩をふみだすのをためらうのは、そんな体験があったからかも知れません。

「未完成《かんせい》のまま、完成《かんせい》させる方法がありますよ」

お坊さんの禅問答のようなはなしを、わたしは持ちだしてみました。

「京都のお寺なんかでね、わざとお堂の一部を未完成《かんせい》のままにしたり、まちがえた箇所をつくっていることがあるの。『完ぺきすぎるものには、魔《ま》がひそむ』という考えかたがあるのね」

主人のセーターを編んでいたブルーの並太の毛糸、これを使いましょう。

「一目だけ、この毛糸を編みこんでしまうの。ぱっと見ただけじゃわからないけど、このブルーの糸をぬかないかぎり、マフラーは完成品《かんせい》にはならいわ」

ミズキさんは、ちょっとだけもじもじしていましたが、こころを決めて編み物にたちむかいました。スミレのような淡いブルーの毛糸をまぎれ込ませることに成功すると、ほうっと胸をおろして
「冬空のお星さまみたい。さがさないと見つからないような遠い星」

と笑いました。そのあとは一気に編みあげました。

さむがり屋の男の子のためのマフラーが編みおわりました。おなじ毛糸で、両端にふさもつけました。残りの仕事は、その先を切りそろえることだけです。それは切りたくなったら、切ればいいのです。マフラーは、ハサミと一緒にテーブルの上で休憩させておきました。


青空から夏のにおいがふってきます。

庭の手入れには、ちょうどいい天気です。

わたしは花切りバサミを持つと、ミズキさんをさそって庭におりました。

「ちょっと、手伝ってもらえるかしら？」

つるバラが咲きおわりの時期になっていました。

わたしは、バラの花を持ちあげると、パキンとはさみを入れました。

「切っちゃうんですか？　まだ咲いているのに」

「そうよ、ちょん切ってしまうのよ」

わたしは、バラの花を芝生の上にほうりなげながら言いました。

「お花がかわいそうです」

「そうしないとつるが伸びないの。次に咲く花のためにね、切ってあげるの。ちょっと残酷《ざんこく》に思えるかもしれないけど、終わりははじまりの種なのよ」

わたしは、ミズキさんの手に花切りバサミをにぎらせました。

「みんな切っちゃっていいわ。思いきって、景気よくいきましょう」

パキン、パキンとミズキさんがバラの首を落としはじめ、わたしはバケツを持って、夏つばきの下に行きました。

夏つばきの花は、沙羅双樹《さらそうじゅ》とも呼ばれます。朝、純白のつぼみを開かせて、夜にはポトリと落ちてしまうのです。今年は、ずいぶんたくさん咲きました。土の上で色の変わってしまった、そのはかない花をひろいあつめると、シクラメンの鉢を日かげにうつしました。それから、ウッドデッキにもどってながめていました。

ピンクのバラがちらばった庭は、あざやかな絨毯《じゅうたん》のようでした。

「『不思議《ふしぎ》の国のアリス』に出てくる、ハートの女王さまになった気分です」

ミズキさんは、ちゅうちょしなくなりました。だいたんに、どんどんペースを速めて切ってゆきます。

「おわり！」

仕事をおえるとミズキさんは、はればれとした顔で青空をあおぎながら、つるバラを散らした中に立っていました。そしてリビングにもどってくると、裁《た》ちバサミを持ち、ジョキジョキっと両方のふさを切りそろえました。

「できた！」

両手いっぱいにひろげた紺色《こんいろ》のマフラーは、ミズキさんのほこらしい旗のように見えました。

彼女はそれを一度首に巻いて見せ、「暑《あつ》い！」と言って大笑いし、くるくるとまるめて袋の中にしまいました。

「ありがとうございました。チェリーさん」

ふかぶかと頭をさげると、袋を抱きしめてミズキさんは体をひるがえしました。

門のところでもう一度、ピョコンとおじぎをして、ミズキさんは帰ってゆきました。

かけてゆく背中はすぐに消えました。

わたしはしばらくデッキに立ったまま、しげみのむこうの、そのすがたが消えたあたりを見おくっていました。

こちらこそ。

不器用《ぶきよう》でまっすぐなミズキさんと一緒に、智恵《ちえ》をしぼってすごした日々が、わたしはなんとも言えず、楽しかったのです。

となりの家が完成《かんせい》したころ、ミズキさんから小包みがとどきました。

「エリコちゃんの赤ちゃんに、はかせてあげてください」

箱の中にはそう書かれた手紙と、夏つばきのようにまっ白いモヘア糸で編んだ、ちっちゃな靴下《くつした》が入っていました。

そうね。そのうちに、本と音楽が好きな子が生まれてくるかしら。わたしたちは、じぃじとばぁばになるのね。

チェリーさんのもようがえ

おかえりなさい、あなた。あら、いつのまに帰っていらしたの？

お茶をいれましょうか？　二人おそろいで使っていた、あのパトリシアローズのティーカップは、このあいだカナがひとつ割ってしまったのよ。よちよち歩きはじめて、ちょうど目の前にあるものにはなんにでも手をのばすようになったころだから、しかたないわね。ロンドンの大学の先生からいただいた時には五つセットだったのに、とうとう残りのひとつになってしまったわ。

そう、まるで、わたしみたいね。あなた、わたしは一人になってしまったのよ。

そこで目が覚めました。

わたしは大きく息をついて、空を見あげました。主人が天国へ行ってしまってから、一年と一回の夏がすぎました。

もう何度、こんな夢を見たことでしょう。主人は、家を空けることも多かったので、いまでもどこかに出かけているような気がします。

おかえりなさい、あなた。いつも、そう言って目が覚めるのです。

ピンポンピンポンピンポンピンポン！

目覚まし時計のようなチャイムで、わたしはイスからはね起きました。このチャイムの主はきっとミズキさんです。またなにか、心配ごとができたのでしょう。

「あたし、呪われました！」

まだ「いらっしゃい」も言わないうちに、泣きだしそうな声がとびついてきました。ミズキさんはいつも、突拍子《とっぴょうし》もない言葉でわたしをおどろかせます。

「まあまあ、おあがりなさいな」

さあ、なにが起きたのかしら。わたしはすこしばかり胸をはずませながら、ミズキさんをまねき入れました。

「ジュンタ先生が鉢植えのお花をくれたんです、それで、その花が」

スリッパをはいて、リビングのテーブルについて、お茶が入るまでのあいだには、彼女はあらかたのことを話しおえていました。

「彼岸花《ひがんばな》です。お墓に咲く花ですよ。お祖母ちゃんのお墓まいりに行くと、墓石のまわりにびっしりと咲いていて、まるで血しぶきみたいで、不吉なイメージしかないのに。あの花に毒があることだって、知っています。彼は、あたしに死んでほしいと思っているのでしょうか」

二番目の娘のエリコの同級生だったミズキさんがたずねてきたのは、二年前の初夏のことでした。彼女が、思いを寄せる男の子にプレゼントするマフラーを編むお手伝いをしました。ジュンタ先生というのは、その時のお相手です。二人はおなじ保育園《ほいくえん》ではたらいていました。

ミズキさんは秋まで待てませんでした。マフラーは、暑《あつ》さ本番のころにジュンタ先生に贈られました。でもそれがよかったのです。彼はちょうどオーストラリアへ短期留学するところで、マフラーは真冬《まふゆ》のオーストラリアで大いに役に立ったそうです。それから二人は、ほほえましいおつきあいをつづけているようでした。

ボランティアだった彼は、大学を卒業して幼児教育の会社につとめています。ミズキさんも保育士はやめて、趣味だったお菓子づくりを生かして、幼稚園《ようちえん》や保《ほ》育園《いくえん》に安心で安全なおやつをとどける仕事をはじめたところでした。

わたしはミントの葉を数枚落とした紅茶を、ミズキさんの前に置きました。たちのぼる湯気《ゆげ》の中でふうっと息をはくと、彼女の肩がすこしほぐれたように見えました。

「それで、お花を持ってきた時に、彼はなにか言ってたの？」

「え？　えーと、あの、『つい、買ってしまった』って」

「そう。『つい』ね。ジュンタ先生のお仕事は順調なんでしょう？」

「え、はい。もっと英語の勉強をしたいって言ってます。彼はまた留学を考えてるんです。あたしがジャマになったのかも知れません。別れるべきですか？」

ミズキさんの言葉には、いつも小さな不安のかけらがトッピングされています。そのトッピングがあったほうが、彼女は気が楽なのでしょうね。

「まだ決まっていないことを、先まわりして心配するのは損ですよ」

「そうですけど」

「ちょっと質問《しつもん》ね。ヒマワリは好きかしら？」

「はい、好きです。元気になる花です」

「ええ、そうね。でも、うちのエリコはきらいなの。小さいころに一度だけ、ヒマワリの咲いている道で子犬に追いかけられたことがあるの。それで、いまだにあの花には近づかないのよ。だから、ジュンタ先生もあなたの彼岸花《ひがんばな》のイメージとは、ぜんぜんちがうことを考えて買ったのかも知れないわ。本人に直接、聞いて見るのはどう？　どうしてあの花をくれたのって」

怖がり屋さんの彼女は、目をしかめてプルプルっと首をふりました。

「そう。まあ、そのうちに、自然に聞けるタイミングがくるかも知れませんね。でも鉢植えの彼岸花《ひがんばな》って、ちょっとめずらしいわね」

では近いうちにその花を持ってきますと約束をして、今日のお話はおわりました。あわててきたのでしょうに、ミズキさんはちゃんとお土産を置いてゆきました。試作中だというドロップクッキーです。

彼女を見送って、熱いお茶をいれなおすと、わたしは今朝とどいたエアメールにもう一度目を通しました。ガールフレンドに贈った彼岸花《ひがんばな》というのも、ちょっと気になるけれど、まずはこちらの問題からかしらね。

〈ジョンさんの親戚《しんせき》の女の人が日本にくるらしいので、部屋をさがしてあげて。面倒見のよい大家さん希望。よろしく。キョウコ〉

まったく、あの子の言ってくることといったら、いつも唐突で、おおざっぱで、こまってしまいます。ジョンさん……ああ、あの方ね。

よくやく思いだしました。むかし、軽井沢《かるいざわ》の義弟《おとうと》のところに子どもたちを連れて静養《せいよう》に行った時、キョウコの写真を撮《と》ってくれた英国紳士がジョンさんでした。では、その女性は英国からいらっしゃるのね。お仕事かしら、それとも学生さん？　このハガキだけでは、なにもわからないわ。

わたしはミズキさんのクッキーをきんちゃく袋に入れると、サンダルをひっかけて家を出ました。公園をぬけて川沿いの桜並木にそって歩くと、ほそい鉄の橋のたもとに〈リバーサイド〉と書かれたアーチ型の幌《ほろ》が見えてきます。

ここは、むかしなじみのご夫婦が経営している喫茶店です。奥さんは、学生時代から古き良きアメリカ音楽をこよなく愛する方で、わたしにキングスレイの曲を教えてくれたのも奥さんでした。

どなたにも、ホッとする店の扉というものがあるのではないでしょうか。厚いガラスのはめ込まれたドアを押すと、頭の上でチリチリとドアベルの音がむかえてくれます。

「あら、いらっしゃい」

「ひさしぶりだねえ」

カウンターのむこうに見える、ご夫婦の顔。奥さんはいつも、ハリウッドの大女優さんのような真っ赤な口紅をひいていますが、大柄で明るい彼女にはそれがよく似合っていて、すこしもイヤな感じがしません。となりに立っているマスターは、眉毛のさがったおだやかな方です。その八の字眉も、ずいぶん白くなりました。

「こんにちは」

中央を占める堂々としたローズウッドのテーブルのはしっこ、おきまりの席に、わたしは座りました。店の主のような大テーブルは、商社マンだったマスターが、出張先のタイで買ったもので、このテーブルを見た瞬間《しゅんかん》、いつか喫茶店を開くという夫妻の夢をかなえるのは今しかないと感じたのだそうです。ですから、〈リバーサイド〉という店名は、マスターいわく、タイのチャオプラヤ河のほとりをさしているのだということです。壁《かべ》には象のタペストリー、背もたれの高い木のイス。おすすめのコーヒーは、東南アジア産のマンデリンです。

自宅の一階を改装して喫茶店をはじめたころには、まだ、かわいらしい坊ちゃんがお店の中を走りまわっていました。その一人息子さんが自立して出て行ったあと、子供部屋を学生さんの下宿《げしゅく》にしていたので、空いているのかたずねてみました。

残念《ざんねん》ながら、その部屋はうまっていました。この春から大学に通いはじめた男の子が間借りしているそうです。ただ、「ええ、まあ、そうなんだけど」と言った夫妻が顔を合わせたあと、妙な間がありました。

「けど？」

わたしは次の言葉を待ってみました。

「青森《あおもり》から出てきた、とっても真面目な子なのよ。クリちゃんって、呼んでるの。うちにきた時は、クリクリの坊主頭だったのよ」

「彼は、大学で勧誘されてダンスクラブに入ったんだよ」

「ダンスって、今流行りの、ダボダボのズボンをはいて飛んだり回ったりするような？」

「それが、社交ダンスなのよ」

「まあ、今どきの若い人も社交ダンスに興味を持つのねえ」

「もう、夢中になって練習しているんだよ」

「部員にきれいな女の子がいたらいいわね」

二人とも、目をほそめてうれしそうです。たしか、このご夫婦はダンスパーティーで知り合ったのだと聞いています。

「それで、なにかこまったことでもあるの？」

「寝不足《ねぶそく》なの。パパもあたしも、眠れないのよ」

男の子が夜中にステップの練習をするので、その音がひびいて、おなじ二階で寝《ね》ている夫妻は何度も起こされてしまうらしいのです。けれど、本人がいたって真面目なので、へたに注意をしたら出て行ってしまうのではないかと、大家さんの方が気を使っているようです。クリちゃんは、愛される下宿人《げしゅく》なのでしょう。

「ぼくはね、クリちゃんを応援してあげたいんだよ」

「あたしだって、そうよ。あなたばっかりが味方みたいに言わないでちょうだい」

「一階だったら、そんなにひびかないと思うんだけどねえ。店を閉めたあと、ここで練習してもらってもいいんだけどさ」

「この重いテーブルがじゃまなのよ。毎回、うごかすわけにもいかないでしょ。パパ、もう、どけちゃいましょうよ」

「置く場所がないだろう」

「アトリエにつっ込んじゃえばいいのよ」

このお宅の裏庭には、小さな離れがあります。マスターのお父さまが生前、趣味で洋画を描かれていました。赤い屋根のかわいらしいお家には、そのまま絵の道具や古いキャンバスが残されているのです。

「どうせ物置《ものおき》みたいなもんでしょ」

「このテーブルじゃ入らないよ」

「だからアトリエを整理してちょうだい。なんども言ってるじゃない。あと何年、ああやっておけば気がすむのよ」

「あそこのものは捨てられないよ」

「結局、あれもダメ、これもイヤなんだから。パパは、なんにも捨てられない人なのよ。みんなとっておくの。貧乏性のハムスターなの。あなたが死んだら、あのアトリエはだれが整理するの？　あたしにあなたとお義父《とう》さんの二人分の遺品整理をさせる気？　いいわよ、みんな燃やしちゃうわよ」

「このテーブルには、ぼくの人生がしみついているんだから」

「あたしの人生の夢はいつかなえてくれるの？　あたしは、ニューヨークのミッドタウンにあるようなカフェにしたかったの。カウンターにプラスチックのシェルチェアをならべて、ガラスケースの中にクッキーやカップケーキが積んであるようなね」
「三十年もやってきて、今さら言わなくてもいいじゃないか」
「三十年たったら、時効なの？　勝手に決めないでよ。とつぜん仕事やめて、タイからこんなテーブルがとどいて、ずっとパパにつき合わされてるんだから」

英国の方の部屋さがしの話を出せないまま、わたしはクッキーをおすそわけして〈リバーサイド〉を出ました。

扉からもれてくる、ご夫婦の明るい口ゲンカ。公園で子どもを遊ばせている若いお母さんたち。近ごろは、一緒に見守るお父さんのすがたも増えました。

わたしはもう、この人たちとはちがう世界にいるのだと感じます。目にうすいベールがかかっているようで、花も草もきれいに見えません。こころが、どこかでつっかかっているのです。今日のお天気の話をして、お日さまのあたる幸せをわかち合い、川辺の桜が咲いたことを知らせる人がいないことに気がつかないように。

あなた、また会いましょうね。主人が亡くなった時、わたしはそう約束しました。変ですけれど、しばらくのあいだは、遠足を待つ子どものようにどこかそわそわしていました。また会えるのだもの。それを支えにしていたのです。

その約束があまりに遠く、頼りなさすぎて、待ちくたびれてしまったのです。

いったい、わたしはなにを待っているのでしょう。

帰ってくると、飲みかけの紅茶がテーブルの上でさめていました。四人で使っていた家族のテーブルが、今はとても広く見えます。

週明けに、ミズキさんが問題の彼岸花《ひがんばな》を持ってきました。緑色の陶器《とうき》の鉢から数本の茎がひゅうっとのびて、大輪の花を咲かせています。

「キョウコさんって、いつもいないんですね」

ひさしぶりにキョウコの〈こんとん部屋〉へこもっていたミズキさんが、階段をおりてきて言いました。『なにかを成しとげると、かならずイヤなことがおこる』というミズキさんのルールは、まだ、ときどき彼女を立ちすくませます。好きなものを好きなように、積んだりころがしたりしているキョウコの部屋は、そんな彼女が怖いことを考えるのを止める効能があるようです。

「心配にならないんですか？　娘さんが、あんまり長く帰ってこないと」

「むかしねえ、子どもたちをつれて動物園にいったのよ。園内をぐるっとまわって、気がついたらね、キョウコがいないの。さがしにもどったら、あの子、まだひとつめのオリの前にしゃがみこんでいたのよ。『もう帰るわよ』って、無理やりに引っぱってきてしまったけど、あの子の時間としては足りなかったのね。いつもわたしたちにせかされて、もの足りなかったはずよ。だからもう、本人が満足するまで見ていてもいいと思うわ」

「待ってあげているんですね」

「いいえ、予定通りに帰ってきたことなんか、ないですからね。わたしも気楽に、好きなことをしてすごしてますよ」

「あたしは待てるでしょうか。ジュンタ先生が、外国に行ってしまったら」

「なにか具体的な話があるの？」

「ないです。でも、考えただけで涙が出てきます」

「そうだわ、いいものを見せてあげる」

わたしはキョウコの部屋から、ガラスのビンをひとつ持ってきました。一見すると、青いガラスの花びんです。若い女性の首を思わせる、ほっそりした先端が、カトレアの花びらのようにひらひらっとのびて、真横をむいています。花をさすには不向きなビンは、別のものを入れるためのものでした。

「ナミダ壺《つぼ》というのよ。イランではね、戦地に行った夫や恋人を待つ女性が、この壺《つぼ》に涙をためていたんですって。どれくらいたまったかで、愛情の深さをしめしたのね。わたし、こんなに待ったのよって。ジュンタ先生が留学したら、これを貸してあげたほうがいいのかしら」

ミズキさんは目を丸くして、「これ、使用済みですか？」と壺《つぼ》の底をのぞきこみ、「やっぱり、いいです」と言って、テーブルの上に置きました。

「あたしの気持ちを、デシリットルなんかであらわされるのはイヤです」

彼女のこういうところが好きなのです。計算のない、まっすぐなこころが。

玄関《げんかん》で靴《くつ》をはいているミズキさんに、わたしはこう言ってみました。

「人生にはね、望んでいないのに勝手にやってくる心配もありますけどね、今の心配は、あなたがつかみとったものだと思うのよ」

「つかみとった心配、ですか」

「そう、だから、上手に持っていてあげなさい」

ミズキさんは玄関《げんかん》に立ったまま、ずいぶんと首をかしげていましたが、やがてぼんやりと「そうなのか」と、つぶやきました。そして、「ありがとうございます、チェリーさん」と、ていねいに頭を下げて帰ってゆきました。持ってきた鉢植えのほうは、ポーチに置き忘れたままで。


ありがとうございます、チエサトさん——。

一度だけ、主人がこう言ったことがあります。

お茶をいれてあげた時です。いつものように、朝ごはんのあとで。主人はいつも、さらりとねぎらってくれる人でした。「ありがとう」、「いいね」、「たすかるよ」というふうに。

あらたまった言い方に、わたしは「あら、ごていねいに」と笑ったと思います。それからしばらくして、あの人は遠い場所へ行ってしまいました。孫娘のカナにも会わないいまま。

ミズキさんのマフラーと格闘《かくとう》していた、夏のはじまり。あの年は、いつになく庭の夏ツバキがたくさん咲きました。白い玉のように、首からポロリと落ちて芝生の上にころがった花を、わたしはなんの気もなしに拾いあつめていたのです。わたしの人生から、大切なものがポロリと落ちてゆくことも知らずに。


〈見つかった?〉


キョウコからきたハガキには、なぐり書きのこの一行だけでした。今度は自分の名前すら書いていません。やはり、お部屋は必要なようです。

わたしは軽井沢《かるいざわ》の義弟《おとうと》に手紙を書きました。ご近所のジョンさんの親戚《しんせき》の方が日本にいらっしゃるらしいけど、なにか知っていますかと。

あら？　郵便ポストにむかう途中、いつもはモーニングのプレートが置いてあるはずの〈リバーサイド〉が、まだ閉まったままになっているのに気づきました。店の扉は開いていました。大テーブルにほおづえをついていた奥さんが、ドアベルの音で顔をあげました。

「なにかあったの？」

「今、主人ね、警察に行ってるの」

そう言うと、声を落として肩をすくめました。

「昨日の晩、クリちゃんが補導《ほどう》されちゃったのよ」

「あらまあ、どうしたの？」

「ダンスの練習でうるさくしていることに気がついたみたいでね。夜中にこっそりぬけだして、あそこの公園で練習していたのよ。そしたら、おまわりさんに声をかけられちゃったの。ほら、最近、不審者《ふしんしゃ》の話があったでしょ」

「ええ、ええ、男の人が、遊んでいる小さい子に声をかけるとかって」

「怪《あや》しまれたのね」

「まだ帰してもらえないの？」

「その逆。うたがいは晴れたんだけど、大家さんに合わす顔がないって、警察に居すわっているらしいのよ。今朝、大学のお友達から電話があって、引きとりに行ってやってほしいって。それで、主人がむかえに行ったの」

「そうだったの」

「電話してきたお友達ね、ダンス部の仲間だって。かわいい声の女の子だったわ」

「へえ、じゃあ、部活はやめられないわね」

「まあ、ダンスの練習場所についていては、また考えてあげなきゃね」

「クリちゃんは、いい大家さんに大事にしてもらって幸せね」

ねえ、チエさん。むかしからの呼び名でこちらの顔を見つめると、わたしのむかいに座り、奥さんは、あらたまったように背筋をのばしました。

「この前は、悪かったわ。あたしったら、ひどいこと言ってしまった」

「あら、なにが？」

「アトリエのことよ。遺品整理の話なんかしちゃって。あれは、うちでは毎度のことなんだけど、あなたの前で、あんな話は無神経だったわね」

「いいのよ。気にしてないわ」

「ごめんなさいね。どうもアトリエのことになると、イライラしちゃうのよ。実はね、あんなこと言ってて、パパとお義父《とう》さんはあんまり仲よくなかったのよ」

「あら、そうなの」

「そりが合わなかったというかねえ、お義父《とう》さんも、おとなしいのにわりとガンコな人でね、二人は似ていると思うんだけど。主人はお義父《とう》さんのやることについては、嫌味ばっかり言ってたわ。お義父《とう》さんも『じゃあ、おれみたいにならなきゃいいじゃないか』ってね。なんなのかしらね、お義父《とう》さんが亡くなってもうずいぶんたってるのに、まだふんぎりがつかないのよ」

「そうだったの」

「きっと、身近な人を亡くした本人とまわりの人間とは、流れてる時間がちがうのね。チエさんを見ていて、そう気づいたわ」

「わたし？」

「ほら、一日中店の中にいるとね、外のことってわからないのよ。あなたはいつも、『桜の芽がウグイス色で、とてもきれいよ』とか、『雪のにおいがしてきたわ』とかね、入ってきたらまず教えてくれるの。そんなふうに季節《きせつ》の話をしなくなったわ」

奥さんは手をのばすと、そっとわたしの手の上にかさねて、まるで自分自身をいさめているように言いました。

「チエさんは、まだ喪《も》にふくしてるのねえ」


リバーサイドのマスターが、しばらく休業しようと言いだしたのは、次の日のことでした。

「おい、アメリカに行くぞ」

奥さんとわたしは、びっくりして声も出ませんでした。

「そろそろ〈リバーサイド〉も、チャオプラヤ河からハドソン川あたりにイメージチェンジしてもいいんじゃないか」

「ちょっと待ってよ、アメリカなんて、急に行けるわけないじゃない」

「ダメだよ。ぼくのテーブルだって、本場で買ったんだ。フェアーにいこう。二人でニューヨークに行って、本場のカフェを視察《しさつ》してまわって、イームズの本物のシェルチェアを買おう」

「そんなことしたら、お金がなくなっちゃうわよ」

「アトリエを整理するよ。もう一人、下宿《げしゅく》人を入れればいい」

「あら、本当に？」

「いい機会だ」

「いいの？　アメリカンコーヒーの店にしちゃうわよ」

「かまわないよ。ローラースケートをはくのはごめんだけどね」

「じゃあ、この大きなテーブルはどうするの？」

「もう、処分するよ」

「ああ、それでクリちゃんが、ここで練習できるってわけね」

「それはちがうぞ」

マスターは、八の字眉をめいいっぱい持ちあげて言いました。

「クリちゃんのためじゃない、カミさんのためだ。それは言っておく」

ガタン、とイスを鳴らして奥さんは立ちあがりました。

「美容院を予約してくるわ」

「え、今行くのか」

「パスポートがきれてるの。写真を撮《と》らなきゃいけないでしょ」

ああ、もう、めんどうだわ、と言いながらエプロンもとらずに奥さんは出てゆきました。

「奥さん、すごくうれしそうだったわね」

マスターは、照れくさそうにカウンターをふきながら言いました。

「そうだね」

「お店のもようがえ、さびしくならない？」

「一番さびしいのは、カミさんとアジアだアメリカだとやり合うことができなくなることだね。いつかはちゃんとかなえてあげようと思っていながら、順番をまわしてあげるのが遅くなってしまった。このテーブルは、思い出を山ほど作ってくれたからね。もう、いいんだ」

「よく決心されましたわ」

「これはカミさんにも話しちゃいないんだけどね、テーブルを買う時、いったんはあきらめたんだよ。まだせがれも小さかったし、仕事をやめる勇気もなかった。その時、アユタヤで会った坊さんがこう言ったんだ。『お前はなにを失うのか？ないことと、あることとは、さして変わらない』。なんだか、わかるような、わからないような言葉だったけどさ、それで、よし、なんでもやってやれって気になったんだ。あの言葉が今になってまた、別の意味に思えてきてね」

「そうだったの」

「役目をおわらせてあげるのは、ぼくの仕事だよ。『ありがとう』を言ってね」

マスターは、うれしそうにほほえみました。

「年をとると、なくなるものばっかりに思えるけどさ、きっとねえ。幸せな記憶をたくさん持っていることは、幸せなんだろうな」

幸せな記憶。

「本当にそうですね。そうなのね」

わたしも、心からうなずきました。

「ご主人、わたしちょっと、お願いと提案があるのだけど」


ジョンさんの奥さまから手紙がきました。キョウコがわたしに部屋さがしをたのんでいたことについて、お礼とおわびの言葉、そしてくわしい事情がつづられていました。

その手紙を読んで、本当におどろきました。日本にくるというその女性は、七十二才の老婦人だと言うのです。

〈夫のいとこにあたる彼女は、コッツウォルズの田舎《いなか》の村で育ちました。幼なじみと結婚し、その伴侶が若くして亡くなったあと、四人の子どもを育てあげました。子どもたちが仕事を持ち、都市へ出て行ったあとも、ひとり昔ながらの石造りの家につつましく暮《く》らしていました。庭の草花の手入れが好きな、一度も村から出たことがなかった人なのです。今年、大学を出た孫娘が田舎《いなか》の生活に興味を持つと、彼女はあっさりと石造りの家をゆずってしまいました。そして、せっかくだから好きなことをしたい。それが、日本の庭づくりの勉強だと——〉

わたしは、手紙を持つ両手がはっきりと脈うっているのを感じました。なにかが胸の奥でとどろいています。まるで、これから遠い異国に旅立つのはわたしであるかのような気がしました。

ひさしぶりにウッドデッキに出てみました。このあいだまで、庭につきささるように降っていた夏の日ざしは、すっかりやわらかくなって、おぎょうぎよく芝生の上に座っています。秋風のいちばん先頭の子が、しだれ桜《ざくら》の枝をゆすりはじめました。次の季節《きせつ》がめぐってくるのです。

わたしはいったいなにを待っていたのでしょう。

リビングに置いたままにしてあったナミダ壺《つぼ》を手にとると、わたしはキョウコの部屋の、がらくたの山の中にもどしました。

翌朝、ポーチに置いてあった彼岸花《ひがんばな》を見て、わたしは思わず声をあげました。

「あら！　これ」

はじめて見たような気さえしました。本当に不思議《ふしぎ》です。この花がこんなに優しく、あたたかいピンク色をしていることに、これまで気がつかなかったのです。

まあ、なんてきれいなの。これ、彼岸花《ひがんばな》じゃないわ。

つい、この花を買ってしまった青年の気持ちも、よくやくわかりました。

その日の午後、やってきたミズキさんに、その花の本当の名前を教えました。

「これはね、ネリネという花だったわ」

「そうなんですか」

「別名『ダイヤモンドリリー』と言うのよ。花びらがキラキラ輝いて見えるでしょ」

「ダイヤモンドリリー……」

「ジュンタ先生が、どうしてあなたにこの名前の花を贈ったのかは、ご自分で想像してみてね」

と言いながら、ちょっと心配になったわたしは、ミズキさんにおまけの大ヒントをあげました。

「大切なのは『ダイヤモンド』の部分か、『リリー』の方なのか、わかるわよね」

やがてミズキさんの顔は、ティーカップの中に入れた紅茶のように、ゆっくりと赤く染まってゆきました。

〈リバーサイド〉の新装開店準備と並行して、裏庭のアトリエも、中の荷物が整理されて手直しをされました。ペンキをぬりなおされたアトリエは、一人で住むにはちょうどいい、こぢんまりとした愛らしいお家になりました。英国のつつましいご婦人は日本で、人のよい大家夫婦と花壇《かだん》つきの部屋を目にすることになるでしょう。

ジュンタ先生は留学をせずに、この離れに通うことになりました。ブリティッシュ・イングリッシュを話す先生の個人レッスンを受けることにしたのです。

ニューヨーク風にリニューアルされた〈リバーサイド〉のメニューには、ドロップクッキーがくわえられました。ミズキさんは、保育所のほかに、新しい配達先を得たのです。彼女は、ガラスケースの中をいっぱいにすると言って、新作の研究にはりきっています。

わたしは勇敢な英国の老婦人に、パトリシアローズのティーカップをさしあげることにしました。これから新しい生活をはじめる人に、使っていただきましょう。新しい役割を持って。

幸せな記憶をありがとう。さようなら。行ってらっしゃい。

ティーカップと入れかわりに、わが家のリビングには大きな荷物が運ばれてきました。〈リバーサイド〉にあったローズウッドのテーブルです。これまでのものよりも、もっと大きなテーブルをわたしは置いてみました。これなら、キョウコが帰ってきて外国のおみやげを広げだしても、エリコ夫妻を食事に呼んでも、そのうちにカナのお友達が遊びにきても大丈夫です。

カナはきっと、このテーブルを気に入ってくれます。しばらくは、下にもぐりこんで、おうちみたいにしてすごすのかも知れないわ。

さあ、あの子とここでなにをして遊びましょう。

教えたいことがたくさんあるわ。

あとがき

みなさんこんにちは！　『カナと魔法《まほう》の指輪《ゆびわ》』を読んでいただき、ありがとうございます！　私は主人公のモデルになった、作者の姪のカナです。物語の中の私は、本当の私とはちょっと違って、なんでもできる完璧な女の子ですね。そんな風に書いてもらってうれしいです。ドジなところはちょっと似てるかも知れません。

このお話は、私が12歳の誕生日に伯母《おば》がプレゼントしてくれたものです。きっかけは私のお祖母ちゃん（ばぁば）の「おもしろい本ないかな」というひとことだったみたいです。

そんなきっかけで書かれた本がこうして出版されちゃうなんて、夢にも思っていませんでした。

実は登場する人物たちも、私の家族や友達がモデルになっています。物語の中のキャラクターになると、みんな個性がきわだって、すごくおもしろいです。

この人、友達に似ているなあ、なんて考えながら、読んでいただくと、物語をよりいっそう楽しむことができるかも知れません。

みなさんもお気に入りのキャラクターを探してみてください。

またいつか、物語の中で会えることを願って……。

新高《あらたか》なみ

東京生まれ
立命館大学大学院応用人間科学研究科修了
公立中学校社会科の教師を経て、臨床心理士になる。
京都の町家に暮らし、趣味はイラストと辺境旅行、
民族衣装を着て歩くこと。

カナと魔法《まほう》の指輪《ゆびわ》

2017年2月25日　初版第1刷発行

著　者　新高《あらたか》なみ
発行人　松田提樹
発行所　クリエイティブメディア出版
株式会社PASSWORD
〒103-0022　東京都中央区日本橋室町1-10-10
電話 03-3272-7700（代表）
http://www.creatorsworld.net/
E-mail：ebook@creatorsworld.net

表紙・扉イラスト　新高なみ
印刷・製本所　シナノ印刷株式会社

ISBN978-4-904420-19-5 C8093